勿忘草《わすれなぐさ》の咲く町で

～安曇野《あずみの》診療記～

夏川草介

角川書店

勿忘草《わすれなぐさ》の咲く町で

～安曇野《あずみの》診療記～

contents

装画　カスヤナガト
装丁　片岡忠彦（ニジソラ）

プロローグ　窓辺のサンダーソニア

月岡美琴《つきおかみこと》は、水路沿いの野道で自転車を止め、額に手をかざして目を細めた。

眼下には、国道沿いに寄り集まった小さな集落と、その向こうを東流する悠揚たる梓川《あずさがわ》が見下ろせる。きらめく川面《かわも》の先へ目を移せば、水を張ったばかりの美しい水田地帯が広がり、さらに向こうに目を向ければ、彼方《かなた》には堂々たる北アルプスの山並みが霞《かす》んでいる。

美琴がいるのは、梓川の南側の小高い丘で、北側には広大な安曇野《あずみの》が広がっているから、さほどの高地でなくても眺望が良い。野道は、赤松や杉の林に囲まれているから、視界が開けているとは言えないのだが、道の一角に、ちょうど木立の途切れた眺めの良い場所があることを知っているのは、毎日ここを通っている美琴のささやかな秘密なのである。

時間はまだ朝七時をすぎたばかり。

田畑や国道にも人や車の影は多くない。眠りから覚めたばかりの世界に、澄み切った朝日が差し込み始めたところだ。雪解け水で常にも増して水量の豊かな梓川、磨き上げられた鏡のように空を映す水田、春が来てなお稜線《りょうせん》を染める北アルプスの雪、そういったものが透明な輝きに包まれて、早朝だというのにすでに眩《まばゆ》い。

「今日も絶景ね」

満足気につぶやいた美琴の足元を春風が吹き抜けて、青い小さな花がかすかに揺れた。

小道は、並走する水路とともに、近隣の農家の人たちが大切に守ってきたものである。道端には、おそらくはそういった人たちが植えたであろうチューリップやマリーゴールドが彩りを添えているのだが、少し離れた片隅に毎年のようにそっと咲く、名も知らぬ青い花が美琴は好きだ。華やかな花ではなく、一見どこか儚《はかな》げでありながら、しかしゆったりとした緑の葉の上に鮮やかな数輪を乗せた姿には、野草ならではの不思議な力強さがある。花期が長くはないのか、しっかり咲いている姿を見かけることは少ないから、こうして出会えるのは運がいいことだ。

「今日はいい一日になりそう」

自転車にまたがったまま大きく伸びをした美琴が、そのまま動きを止めたのは、かすかに風にのって聞き慣れた音が届いてきたからだ。

高音と低音を繰り返して波打つように響いてくる音は、言うまでもなく救急車のサイレンである。視線をめぐらせばすぐに眼下の片隅に赤い回転灯が見えた。車の少ない国道を疾走してくる救急車は、やがて美琴の足元を通り過ぎて民家の陰に消えていく。姿は見えなくなったが、救急車がその先の交差点を曲がって美琴のいる丘の方に登り始めたことは、音を聞いているだけで明らかだ。

サイレンはやがて小道を囲む松林の向こうでぴたりと止まった。

「早朝からさっそくってわけね」

美琴は肩の鞄《かばん》を背負いなおし、それからペダルに乗せた足に力を込める。

車輪がゆっくりと回転し、自転車が力強く走り出した。

野道を彩る花を揺らし、鬱蒼《うっそう》と茂る松林を抜け、にわかに視界が開けた先に、古びた白い建物が飛び込んでくる。

『梓川病院』

その大きな看板の下、ゆっくりと建物に入っていく救急車を見つけて、美琴はさらに足に力を込めた。


月岡美琴は、今年三年目になる看護師である。

生まれも育ちも信州松本《しんしゅうまつもと》の美琴は、信濃《しなの》大学医学部看護学科を卒業したのち、松本市郊外にある小さな一般病院に就職した。多くの友人たちが最初の職場として大学病院を選択する中で、敢《あ》えて地域の小規模病院に出ていくことはそれなりにプレッシャーの大きい選択ではあったが、美琴なりに何度も思案を重ねた上で出した結論だ。

もちろん、上高地《かみこうち》の入り口にある梓川病院が、実家に近かったということも理由のひとつだが、それ以上に、たとえ小さな病院であっても、患者との距離の近い職場を選びたい。そんな率直な思いを、行動に移したものであった。

そうして二年余り。美琴は水路沿いの小道を自転車で走りながら、小さくても多忙な職場へ通っているのである。

「救急車は大丈夫でしたか？」

早朝の救急部受付に顔を突っ込んだ美琴に、ちょうど電子カルテに何か打ち込んでいた看護師が驚いて顔を上げた。

「朝早くからどうしたのよ、月岡」

歯切れの良い声でそう答えたのは、救急部師長の島崎《しまざき》看護師だ。

小脇に問診票を挟み左手に点滴バッグを持ったまま、器用に右手で端末を叩《たた》いている様子は、さすがにベテランの師長といったところだろう。

「朝から救急車が入っていくのが見えたので、何か手伝えることでもあるかと思って……」

「それは殊勝な心掛けね。教育の成果ってものかしら」

美琴の声に、島崎はにっと笑った。

島崎は、美琴にとって、単にベテランの師長というだけではない。新人看護師の指導責任者として、就職当初から事細かく面倒を見てくれた大先輩だ。就職して最初の美琴の配属先が救急部であったこともあり、その後、美琴が内科病棟に異動となったあとも、何かと世話を焼いてくれているのである。

「病棟に移ったってのに、ちゃんと他部署にも気を配るなんて、見上げたものよ」

「ありがとうございます。まだ朝の病棟カンファまで時間もありますし、私にとって救急部は一番お世話になった場所ですから」

「結構結構、月岡も立派になったものだわ」

「島崎さんのおかげです。でも、思ったより落ち着いていますね」

美琴がそう答えたのは、大変かと思って覗《のぞ》き込んだ救急部が、意外に静かであったからだ。

奥の処置室には搬送患者がいるようだが、緊迫した空気もなく聞こえてくるモニターの音も落ち着いている。

「救急車は大丈夫だったんですか？」

「大丈夫ってわけじゃないし、軽症ってわけでもないけど、ま、いつもの患者さんだから慌てる必要はないわね」

背後を顧みた島崎に誘われるように、美琴も奥の処置室に首を伸ばせば、カーテンの隙間にストレッチャーが見える。横たわっているのは、酸素と点滴とモニターのつながった皺《しわ》だらけの老人だ。毛布からはみ出た老人の両足が、つま先立ったような形で固く拘縮しているところを見れば、長くベッド上で過ごしてきた患者であることは一目瞭然《りょうぜん》である。

すでに搬送してきた救急隊員たちも帰ったようで、落ち着いた空気が漂っている。

「寝たきりの八十八歳」

島崎がいくらか声音を落として告げる。

「認知症も進んで意思疎通は困難。施設に入所していたんだけど、早朝から咳《せき》と痰《たん》と発熱だそうよ」

つまりは誤嚥《ごえん》性肺炎の疑いということであろう。半年余り救急部で働いたおかげで、そのあたりの状況というものが美琴にも読み取れる。

梓川病院は、急性期病院とはいえ、郊外にある小病院だ。

設備も人員も限られているから、どんな患者でも受け入れられるわけではなく、断らざるを得ない症例も少なくない。一方で、地域は高齢化が進み、郊外には特養や老健といった施設も多いため、近隣から搬送されてくる高齢者の受け皿となることが、病院の大きな役割のひとつとなっているのである。

島崎の言う「いつもの患者さん」とはそういうことだ。

「しかも今日の当直医は三島《みしま》先生だったからね。とっても安心」

「三島先生と島崎さんの組み合わせなんて、反則ですよ」

思わず美琴は苦笑する。

三島は、梓川病院の副院長であり、内科部長も務める古参の内科医である。小柄で寡黙、一見すると取っつきにくい印象を与えるが、専門の消化器領域だけでなく多くの分野に経験が豊富であるから、夜勤の看護師にとってはこれほど頼りになる当直医もなかなかいない。

つまり、「いつもの患者さん」に、ベテランの三島と島崎がそろっていれば何も心配することはないというわけだ。

「でも後輩からの優しい気遣いってのは、嬉《うれ》しいものよ。その心がけを忘れないように、また寄っていきなさい」

「了解です」と一礼して立ち去りかけた美琴は、揺れたカーテンの向こうに見えた人影に思わず足を止めていた。

椅子に腰かけた小柄な医師は三島であるが、その背後に、白衣姿の見慣れぬ青年が立っていたのである。

「研修医の桂《かつら》先生よ」

まるでタイミングを計ったように、島崎のささやくような声が聞こえた。

「研修医の先生？」

「信濃大学から来て、一年間だけここで研修予定らしいわ。この四月に来たばかりだから、まだ知らなかった？」

言われて美琴はうなずいた。

四月というのはそういう人の出入りのある時期だ。病棟にも新人の看護師はいるから、研修医が来ることも不自然ではないのだが、美琴はそういう院内の情報に詳しい方ではない。

青年研修医の顔色が白く、ひどい寝ぐせ頭なのは当直明けのためだろうが、緊張した面持ちで指導医の後ろに立っている姿は、なにか懐かしいものを感じさせる。美琴もつい数年前に通ってきた道なのである。

「独身だそうよ」

続くささやき声にちらりと目を向ければ、島崎が面白そうな顔を向けていた。

「聞いていませんよ、島崎さん」

「聞きにくいかと思って教えてあげたの。なかなかいい男じゃない」

「無理やり面白がっていませんか？」

「そりゃ、こんな田舎の病院に勤めるおばさんにとっては、若い男女の話くらいしか面白いことがないもの」

平然とそう言ってのけた声にかさなるように島崎のＰＨＳが鳴り響いた。素早くＰＨＳに応じた島崎は、次の瞬間には表情を改めて、血圧や脈拍を電話の向こうの相手に問い返している。新たな救急患者の搬送連絡らしい。

ＰＨＳを片手に片目をつぶって手を振る島崎に、美琴は苦笑とともに一礼して背を向けた。向けた途端に背後のカーテンがさらりと開く音がした。

処置室から、ちょうど噂の研修医が出てきたのだ。

慌てて会釈した美琴が戸惑ったのは、研修医の桂が医学書でも聴診器でもなく、右手に黄色い花を生けた花瓶を持っていたからである。当直明けの顔色の悪い研修医が花瓶を片手に立っている様子は、それなりに奇異な姿に違いない。

寝ぐせ頭を軽く下げてから、きょろきょろと辺りを見回す様子に、「あの」と思わず美琴は口を開く。

「どうかしたんですか？」

問うた美琴に、桂は困ったように頭を掻《か》いた。

「いえ、たいしたことはないんです。ただ、水が欲しいと思いまして」

「水？」

「はい」

「ミネラルウォーターなら、すぐそこの廊下の自販機で……」

ああ、と桂が小さく笑った。

「すいません、水が欲しいのは僕ではなくこっちです」

そう言って示したのは手元の黄色い花である。

「検査結果が出るまで少し時間がありますし、花瓶の水が古くなっているみたいなので、替えてあげようと思いまして」

「水を？　先生が？」

「ええ、勝手に動かしたらまずかったですか？」

「いえ、まずくはありませんが」

我ながら、噛《か》み合わない会話だと美琴も思うが、自分の不器用さのせいだけではないだろう。当直明けの疲れ切っているはずの朝に、自分の体調ではなく花の水を心配する研修医の方も相当奇妙だ。

「水を替えるだけなら、診察室の奥にある水道を使えばいいと思います」

「勝手に使ってもよいのですか？」

「水道くらい、いつでも使ってください」

成り行き上、美琴は先に立って案内する。

「綺麗《きれい》な花ですね。鈴蘭《すずらん》ですか。いい匂いがします」

とりあえず沈黙を埋めるべくそんな言葉を口にしたのは、背中に島崎の面白がるような視線を感じたからだ。しかし言われた方の桂は不思議そうな目を向ける。慌てて美琴は語を継いで、

「すいません、当直明けに花瓶の水なんて気にしているので、よほど花が好きなのかと思って……」

「花は好きです」

少し考えるような面持ちで答えつつ、桂は水道まで来ると、そっと花瓶から花を抜き出してから、

「ただ」とつけくわえた。

「これは鈴蘭ではなくサンダーソニアという花です。形は似ているかもしれませんが、鈴蘭は白い花ですよ」

そう言って、にこりと笑った研修医は、「ありがとうございます」と告げ、そのまま慣れた手つきで花瓶を洗い始めた。

「惜しかったわね」

受付まで戻ってきた美琴にさっそくそう告げたのは、待ちかねていた島崎である。

「花の名前くらい、もう少し勉強しておけばよかったって思った？」

「別に花に詳しくなくっても、看護師はやっていけます。だいたいサンダーなんとかなんて花、普通知っていますか？」

「サンダーなんとかは知らないけど、鈴蘭が白い花だってことくらいは知ってるわ」

涼しい顔で応じる島崎に、美琴はぐっと言葉に詰まる。

「よっぽど花好きなのかしらね」

「花の話より、救急車は大丈夫なんですか？　搬送の連絡だったんですよね？」

「また老健から。九十歳の発熱だけど、到着は二十分後。で、桂先生の印象はどうだった？」

「印象って……」

「いい男？」

「いい男かどうかは知りませんが、多分あんまり空気の読めない人ですよ」

「それは言えてるかも」

美琴を面白そうに眺めながら、「でも」と島崎は笑みを浮かべたまま続けた。

「桂先生がいい男かどうかは別として、月岡が結構いい女だってことは私が保証してあげる。そんな怖い顔してたら、捕まる男も捕まらないわよ」

さらりとそんなことを言われて、美琴もさすがに返す言葉がない。やはりこの先輩にはかなわないと美琴は反論を諦《あきら》めて、苦笑を浮かべた。

「ありがとうございます。とりあえず島崎さんくらいのいい女になれるよう努力します」

「御世辞は大事よ、ありがとうね」

笑った島崎は、ぽんと美琴の肩を叩いて廊下に送り出した。

気が付けば、いつのまにか正面玄関は明るい陽射しに溢《あふ》れ、たくさんのベンチが並ぶ総合受付には気の早い予約患者たちが何人か姿を見せている。

そっと救急部を振り返れば、すでに島崎は手際よく手元の書類をまとめて、次の救急車を受け入れる準備を進めている。その後ろのカーテンは開いたままで、モニターの点滅している処置室で、桂が水を入れ替えたばかりの花瓶を窓際に置いているのが見えた。

桂は花瓶を置いたあと、そのまま動かず、黄色い花をじっと見つめている。寝ぐせ頭で顔色も悪いのに、表情だけは妙に満足気だ。

〝水が欲しいのは僕ではなくこっちです〟

先ほどのそんな言葉が耳の奥で聞こえた。

「変わった先生ね」

思わずつぶやいた自分の言葉に自分で小さく笑ってから、美琴はすぐに身を翻した。

理由はわからない。

けれども胸の内に、なんとなく温かいものがある。

これまでと少しだけ違う一年が始まりそうな、そんな不思議な予感を抱いたまま、美琴は明るい廊下をまっすぐに歩きだした。

第一話

秋《しゅう》海《かい》棠《どう》の季節

医者ってどうしてこう、変なのばっかりなんだろ……。

美琴は、病棟スタッフステーションで、センターテーブルに肘《ひじ》をついたまま、そっとため息をついた。

ちらりと視線を走らせれば、ステーションの入り口近くで、じっと電子カルテの端末と向き合ったまま、微動だにしない白衣の男がいる。まだ二十代の半ばのはずだが、頭髪には妙に白いものが交じっていたり、無精ひげがちらほら見えたりと、なかなかにくたびれた風貌《ふうぼう》だ。にもかかわらず、目元にだけは芯《しん》のある真っ直ぐな光をたたえてじっと電子カルテと対峙《たいじ》している。

時計を見れば、夜の十一時。

すでに廊下の明かりは消えて夜間灯だけとなり、窓の外も真っ暗だ。

病棟は静まり返り、美琴たち夜勤の看護師たちがラウンドや点滴の確認のために行きかうナースシューズの軽い音が響くだけである。ときどきどこかの部屋で認知症の患者が大声をあげたりするのは、いつものことで特別な対処が必要なわけではない。

そんな夜中の病棟で、先刻から一時間近く、腕を組み、じっとモニターを見つめたままでいるのは、今年この梓川病院に来た一年目研修医の桂正太郎《しょうたろう》である。

桂が美琴のいる内科に来たのは、つい二週間前のことだ。桂とは、四月に一度だけ救急外来で会話を交わした記憶があるものの、それから三か月間は外科で研修していたとのことで、ほとんど接点がないままに過ぎていた。最初の出会いが一向に噛《か》み合わない会話であっただけに、妙にはっきりと印象に残っていたから、美琴にとってはあれから三か月も経っていたということが不思議なくらいだ。

もっとも、桂の風貌が、当直明けで花瓶の水を替えていたときと同じように、寝ぐせ頭でくたびれていたおかげで、久しぶりの感じをまったくさせなかったということもあるだろう。

「桂先生だっけ?」

そっと美琴の耳にささやいてきたのは、ラウンドを終えて戻ってきた看護師の沢野《さわの》京子《きょうこ》だ。トレードマークの派手な髪の色は、師長から注意を受けるたびに一度は黒くなるのだが、一か月もすればまた別の色に染まっているから、会うたびに色が違う。今月は明るい栗色だが、いったい何色を目指しているのか同期の美琴にもよくわからない。

「ずっとあのままなの?」

「みたいね」

京子は呆《あき》れ顔で肩をすくめて奥の機材庫の方へ行ってしまった。

夜のこの時間は、患者さえ落ち着いていれば、看護師たちにとっては、ちょっとしたおしゃべりを楽しむ余裕が生まれる時間だ。実際、今夜は静かなものだが、研修医とはいえ医師がひとりいるだけで、それなりに看護師たちも気を遣う。なんとなくぎこちない空気がステーション内に満ちているのだが、研修医の方は一向気が付く様子もなく、じっと腕を組んでモニターを睨《にら》みつけたまま、ぴくりとも動かない。

医者ってのは、ホント気が利かない人ばかり……。

美琴がなんとなく苛立《いらだ》っているのは、今夜の夜勤のリーダーが彼女であり、後輩たちから無言のプレッシャーを感じるからだ。要するに「なんとかなりませんか」という空気である。

「桂先生」

美琴は、とうとうしびれを切らして声を発していた。

迷った末に発した言葉に、しかし相手は振り向きもしない。

美琴はいくらか眉《まゆ》を寄せてから、声を大きくした。

「桂先生！」

はい、と初めて夢から覚めたように、青年医師は驚いて振り返った。

「なにかありましたか？　月岡さん」

美琴が戸惑ったのは、内科にきてまだ二週間の研修医が、正確に自分の名前を覚えていたからだ。医者にしては珍しく、ちゃんと看護師の顔と名前を覚える人らしい。

「なにかありましたか、とお聞きしたいのは私の方です。大丈夫ですか？　もう一時間近くそうして座っていますけど」

不思議そうに二度ほど瞬《まばた》きした桂は、にわかにはっとしたように、

「ああ、僕のことですか」

やりにくいことこの上ない。

「長坂《ながさか》さんのことで、つい考え込んでしまっていたようで……、十一時⁉　いつのまに」

「長坂さんて、２０８号のですか？」

相手のテンポに飲まれないように、美琴は慎重に話を進める。

２０８号の長坂守《まもる》さんは、四十八歳の膵臓《すいぞう》癌の患者だ。

圧倒的に高齢者の多い内科病棟の中では、珍しく若い年齢であるが、癌そのものは発見時すでに手術の難しい病期まで進行しており、抗がん剤治療について検討中だったはずである。

「指導医の三島先生から、二日後の長坂さんへのＩＣ（インフォームドコンセント）を僕がやるようにと指示されたのです。やらせてもらえるのは嬉《うれ》しいのですが、今回のような難しい症例のＩＣは、まだ経験がありません。それでどう話すべきか頭の中でシミュレーションをしていました」

「はあ……」

「ところがいざＩＣを始めてみたものの、思っていた以上にうまく説明できず、長々と話した末にまとまりがつかなくなって、かえって長坂さんを混乱させてしまいました。声をかけてもらってよかったです」

美琴は軽く額に手を当ててから、

「それ全部、頭の中の話ですよね？」

「もちろんですよ、現実だったら大変です」

大真面目に答える姿に、美琴は深々とため息をついた。

最初に救急部で出会った時も、どこか風変わりな印象を受けたが、どうやらその印象は間違いではなかったらしい。

「すいません。余計な心配をおかけしたようで」

おもむろに頭をさげる桂に、美琴も慌てて両手を振る。さすがに目の前であからさまなため息をついたのは、失礼であったかもしれないと、いくらか気持ちを切り替えて、美琴はつけくわえた。

「長坂さんはしっかりした方です。膵癌が大変な病気だということは十分わかってらっしゃるみたいですから、いろいろな理屈を言うより、〝一緒にがんばりましょう〟という気持ちを伝えることが大事なんじゃないですか？」

いくらか取り繕うようなその言葉に、しかし桂は感心したように美琴を見返した。言動は奇妙で風体は粗雑だが、向けられる目に真摯《しんし》な光がある。その目で「ありがとうございます」と改めて言われると、美琴もなんとなく落ち着かず、「早く休んでください」などと、自分でも意外な気遣いがこぼれ出た。

うなずいて立ち上がった研修医は、ふと思い出したように受付に飾られた花瓶に目を向ける。

「さっき沢野さんから聞きましたが、あの花、月岡さんがアレンジしたんですよね？」

カウンターには、紫陽花《あじさい》やヤナギランがほどよくまとめられて小さな花瓶に生けられている。殺風景なステーションの中ではささやかではあるが明るい彩りだ。

「患者さんたちから頂いた花をいくつか集めて飾っただけですよ。アレンジって言うほどじゃありません」

「そうですか」とうなずいた桂は、そのまま足を止めて花を見つめている。

ふいに美琴の脳裏に浮かんだのは、救急外来の窓辺を飾っていた黄色い花だ。花の名前を間違えた苦い思い出は別として、このくたびれ顔の研修医はよほど花が好きらしい。

カウンターを飾る花は、美琴としては片付けるには惜しいと思って生けただけのものだから、花好きの青年に改めて注目されると妙に気恥ずかしい。

「なんとなくまとめただけなんですけど、綺麗《きれい》ですよね」

「綺麗ですけど」と桂は美琴を顧みた。

「青と白の花だけのアレンジはやめた方がいいですよ。葬儀用の供花みたいです」

さらりと告げられた言葉に、美琴の白い頬が軽く引きつる。

「余計なお世話かもしれないと思いましたが、ＩＣのアドバイスを頂いたお礼です」

みるみる顔を赤くしていく美琴の変化には気づきもせず、にこやかに一礼した桂は、そのままステーションに背を向けて去っていった。

「なかなか手ごわいわね。今度の研修医」

面白がるような声は、いつのまにか戻ってきた京子のものだ。

じろりと美琴が目を向けた先で、京子はさも納得したようにうなずいている。

「たしかにミコの生けたあの花、なんか冴《さ》えない色の組み合わせじゃない？」

「あんた、さっきはすっごく綺麗とかなんとか言ってなかったっけ？」

そうだったかしら、などと鼻歌交じりに応じながら京子もまた廊下に去っていった。

美琴はしばし花を睨みつけ、それからようやくため息をついて花瓶に手を伸ばした。


「久しぶり、月岡。元気でやってる？」

張りのある声に美琴が呼び止められたのは、昼休みの職員食堂でのことである。

いつものA定食を盆に載せて、どこに座ろうかと辺りを見回していた美琴は、テーブルの一角で手を振る救急部師長の島崎を見つけて歩み寄った。

「島崎さん、お久しぶりです」

会釈とともに隣に腰かける。

「病棟勤務はうまくやってる？　ちょっと痩《や》せたんじゃない？」

「そうですか？」

「冗談よ。一年目から物怖《ものお》じせずに救急部を駆け回っていた月岡が、仕事のストレスくらいで痩せるわけないじゃない」

あっさりと前言を翻して、島崎は明るい笑い声を響かせた。その明るい笑顔をふいに意味ありげな笑みに変えて島崎が続ける。

「さっそく病棟で、御活躍みたいね。意外に手が早いじゃない」

「は？」

「桂先生よ。ＩＣに悩んでいた研修医君を励ましてあげたんでしょ。そういうの興味なさそうなこと言ってたけど、意外にやるわね、月岡」

驚いた美琴は、慌てて応じる。

「そういうんじゃありません。一体どこから出てきた話ですか」

「さあ、どこかしらね。右も左も年寄りばっかりの病院だもの、若い男女の話はすぐに広まるわ」

「若い男女の話って……」

抗議の声をあげかけたもののすぐに思い当たって眉をひそめた。

「サワですね？」

「沢野に限った話じゃないわ。そこらじゅうから出てきた話よ。看護師の世界なんて、噂と妄想でできてるんだから、不用意な月岡が悪いのよ」

「不用意も何も、空気の読めない相当変な先生ですよ」

「変だからってなによ。大事なことは、新しく来た医者が若いってことと独身だってことだけよ。ＩＣひとつに一時間も悩んでいようと、花瓶の花の色に文句をつけようと関係ないわ。おいしそうな肉が鉄板に載ってれば、少しくらい生焼けだって、食べちゃうでしょ」

プレートの上のハンバーグにぶすりと箸《はし》をさして島崎は笑う。

どういう喩《たと》えなんだか……、と美琴は呆れるしかない。

「だいたい変な医者なんて、桂先生に限ったことじゃないじゃない」

「それは賛成です」

美琴はミニトマトを口に投げ込みながら、即答する。

「遠藤《えんどう》院長は呼吸器内科が専門なのにヘビースモーカーだし、外科の丸谷《まるや》先生は飲み会のたびに平気で看護師を口説いてるし、ただでさえ愛想がなくて強面《こわもて》の三島先生の部屋からは始終変な唸《うな》り声が聞こえてくるし……」

「あれ、謡《うたい》って言うのよ。観世《かんぜ》流とかなんとかって、伝統芸能の一種」

芸能？　と美琴はあからさまに呆れ顔をする。

「あの変な声が伝統芸能？」

「大きな声で言わない」

島崎は顔を突き出して、美琴の勢いを押しとどめた。

「あんたね、意外と先生たちに対して遠慮がないんだから、もう少し気をつけなさいよ。この前なんて丸谷先生と喧嘩《けんか》したんでしょ？」

「喧嘩ってほどじゃありません。ただ患者さんの急変で夜にコールしたら、泥酔して何言っているかわからなかったから、ちょっと怒っただけです」

美琴としては正論を述べたつもりだが、島崎は微妙な苦笑を浮かべている。

「だめですか？」

「だめとは言わないわ」

「患者さんが具合悪いのに、酔っぱらって電話の向こうから看護師を口説きはじめる先生に、愛想よくしろって言われても、私無理ですよ」

「気持ちはわからなくはないけどね」

箸をくわえたまま、でも、と島崎は続ける。

「その理屈で行くと、先生たちは夜だろうと休日だろうと、入院患者を持っている限り、お酒に酔っちゃいけないってことになるわね」

「それは……」と言いかけて美琴は返答に窮する。

「色々見えてくるのは成長の証《あかし》。でもその程度で怒るのは未熟の証。採血やオムツ交換がうまくなるだけが看護師の仕事じゃないわよ」

美琴が思わずどきりとしたのは、自分の胸中にあるもやもやとしているものを言い当てられた心地がしたからだ。ちょっとした処置の介助や急変時の対応なら少しは自信がついてきている。けれどもそれで収まってはいけないということは、なんとなくわかる。少なくとも、島崎は処置がうまいだけの看護師ではない。問題は、どこに向かえばよいのか、自分でもよくわからないということだ。

　眉を寄せて黙ってしまった美琴を、島崎は穏やかな微笑で眺めている。

「まあ、どっちにしても」と、にわかに箸をのばして、美琴のプレートからハンバーグの一切れをひょいとつまみ上げた。

「そんな変人ばっかりの先生たちの中じゃ、桂先生なんてまともな方でしょ」

「わざわざ桂先生の話に戻さなくてもいいです」

「なに、嫌いなの？」

「別に嫌いとか好きとかって……」

　戸惑う美琴の脳裏を、ふいに先日の長坂さんのＩＣの風景がよぎった。

　研修医の桂は、長坂さんご夫婦を前に、ひとつひとつ落ち着いた物腰で説明し、時には少し考え込み、時には質問に答えつつ、最後まで話を終えてみせた。頼もしいとは言えなくても確かに伝わるものがあったようで、長坂さんは最後まで落ち着いて聞いており、厳格で知られた指導医の三島も、背後に座ったまま一言も口を挟まなかった。

　ＩＣの最後に「一緒にがんばりましょう」と桂が告げたとき、美琴は思わず胸の内で苦笑したものである。

　プルルとふいの呼び出し音に、美琴は我に返る。島崎が箸をくわえたままＰＨＳに応じ、はいはいと答えてのち、ＰＨＳを切って美琴に肩をすくめてみせた。

「救急車、行ってくるわ」

「お疲れ様です」

「いいこと、月岡」

と立ち上がりながら、にわかに箸を振り上げて、

「バーベキューの鉄則は、とにかく早く箸を突き出すこと。肉の焼け具合なんて、皿に取ってから確認すれば済む話なんだからね」

じゃね、と軽快な声をあげて島崎は去っていった。

美琴はその背を見送りつつ、取った肉が生焼けだったら鉄板に戻すのだろうか、などとどうでもいいことを考えていた。


どん、と大気を震わす重い音がして、光の花が夜空に咲く。

窓越しに空を見上げる車椅子の患者たちから、小さな歓声があがる。青や赤や黄の光に照らされる患者たちの横顔は、いつになく明るい。

「今夜は梓川の夏祭だったのね」

誰にともなくそんなことを言ったのは、点滴台に夜分の点滴を並べていた主任看護師の大滝《おおたき》である。身長170センチを超えるひときわ長身で、肩幅も男性並みに広い。その太い腕で淡々と進める手作業は、ゆったりとした風に見えて、まことに無駄なく精緻《せいち》である。しかもいざという時の急変対応は、目を瞠《みは》るほど迅速かつ的確で、その貫禄《かんろく》あふれた容姿とあいまって病棟の若手看護師たちの信頼も厚い。わずか五年先輩なだけでこんなに違うものかと、美琴はいつも感心している。

ちょうどカルテ記載の終わった美琴は、大滝の前に立って手伝いを始めながら頷《うなず》き返した。

「晴れて良かったですね。患者さんたち、みんな楽しみにしていましたから」

「そうね、これで雨天中止とかになったら、不穏は増えるわ認知症は進むわで、目も当てられない夜勤になっていたところだものね」

不穏というのは、患者が、何らかの身体的、精神的なストレスをきっかけに、極度の苛々や興奮状態に陥る病態を言う。高齢の入院患者にしばしば見られ、内科病棟では日常的に目にする光景だが、大声を上げるだけならまだしも、点滴を引き抜いたり枕を放り投げたりなどの危険行動が出現することもあるから、ひとりふたり不穏患者がいるだけでも夜勤者はひどく消耗することになる。

「この分だと、今夜はみんな満足して、ぐっすり眠ってくれるかもしれませんね」

「そう願いたいわ」

大滝の、あくまで冷静な返答に笑いながら、美琴はステーション向かい側にあるデイルームを顧みた。

普段は、二、三の人影があるだけのその場所に、今夜はたくさんの車椅子の患者と、幾人かの家族が詰めかけて夜空を見上げている。ステーションからは直接花火は見えないものの、光と音は間断なく続いて、明るい歓声とともに伝わってくる。やたらと大きなテレビの音や認知症患者の唐突な奇声が当たり前の内科病棟では珍しい活気だ。

「昔はこの辺りは何もなくて、遠くからでも花火が綺麗に見えましたけど、最近は建物も多くなってきて、ちょっと残念ですね」

「月岡って、この辺りの出身だったっけ？」

大滝が、手を止めることなく、面白そうな目を向ける。

「生まれも育ちも松本ですけど……」

「いいねえ、そういうの。私なんて生まれは宮城、育ちは東京で、いつのまにやら松本勤務。流れ流れて根無し草よ。段々南に流れてきたから、来年は大阪くらいにいるかしらね」

「さみしいこと言わないでください。だいたい松本から出たことのない私からしてみれば、そういう大滝さんの方が、素敵だと思いますけど」

「デカブツつかまえて、素敵だなんて、月岡もずいぶん上手になったじゃない」

そんな言葉を、嫌味のかけらもなく放って寄越《よこ》すあけっぴろげなところが、大滝の持ち味だ。美琴は遠慮なく笑ってから、笑ってよかったのだろうかと思わず首をひねってしまう。

どん、と再び花火が咲き、明るい歓声が聞こえた。

「そういえば、そこの彼も根無し草だっけ？」

目だけで大滝が示したのは、ステーション奥の端末の前で突っ伏して眠りこんでいる桂だ。ここのところ、進行癌の患者が多く、遅くまで病棟回診をしていることが増えているのだが、さすがに今日は限界を超えたらしい。その肩にタオルケットがかけてあるのは、大滝の気遣いであろう。

「根無し草？」と首を傾げる美琴に大滝が応じた。

「生まれは東京だって言ってたわ。信濃大学に合格したから長野に来て、そのまま残ったんだって」

へえ、と美琴が感心したのは、東京出身の医学生の多くは卒業と同時に東京に戻っていくと聞いたことがあるからだ。

「月岡って、桂先生と親しいって聞いてたけど、出身地も何も知らないのね。それくらいとっくに聞き出したかと思ってた」

「特に親しくなった覚えはありません。そういう無責任なこと言って面白がっているのは、サワですね？」

「だって面白いんだもの、仕方ないじゃん」と絶妙のタイミングで言葉を投げ込んできたのは、ラウンドから戻ってきたばかりの京子本人である。

「Cチームオッケーです、主任。異常ありません」

「はい、お疲れ様。じゃあ点滴の確認手伝って」

リョーカイです、と敬礼した京子は、美琴の隣に並んで点滴バッグに手を伸ばしながら、

「男を寄せ付けなかったミコが、今回とうとう動くんじゃないかって、みんな固唾《かたず》を飲んで見守ってるのよ。こんなに面白いことはないわ」

「また勝手なこと言ってるわね」

「せっかくだから、奥手のミコに、新しい情報教えてあげる。桂先生の実家ってお花屋さんらしいわ」

「花屋？」と目を丸くして答えたのは大滝だが、美琴も初耳である。

「だから将来、実家を継ぐことにはならないし、東京に帰る必要はないんだって。これは絶好の獲物じゃない、ミコ」

「あのねぇ」

呆れ顔で答えながら、美琴は胸の奥でおおいに得心するものがあった。

桂の花好きは単に趣味の問題ではなかったのだ。花屋の息子にしてみれば、いくら形が似ていて

も黄色い花を鈴蘭と間違える美琴は、相当不思議な存在に見えたのかもしれない。

「道理で花の色の組み合わせにうるさいわけね」

「なに？　葬式の花みたいだって言われたこと、まだ根に持ってるの？　そんなんじゃ競争率の高い戦いに勝ち残れないわよ」

「競争に参加すると言った覚えはないんだけど」

「参加する気がないところが問題なのよ、ミコの場合は」

京子は、点滴整理と軽薄な雑談を同時に進めて、両方ともに疎漏がない。旧友の器用さには、美琴としても感心するしかない。

「月岡って男に興味がないの？」

ふいの大滝らしい遠慮のない問いに、京子が待ってましたとばかりに応じる。

「ミコって、高校時代に一度失恋してから、すっかり臆病《おくびょう》になってるんです。このルックスでほんともったいない」

「沢野京子、それ以上しゃべると、頭にソセゴン注射するわよ」

きゃあ怖い、などと可愛らしい声をあげつつも、その口は止まらない。

「まあ相手の男がちょっと悪かったわね。ミコって面食いだから、タイプにぶつかると結構あっさり落ちるんですよ」

「へえ、私てっきり月岡は男嫌いなんだと思ってたわ」

「潔癖症なだけなんです。男より仕事だなんて威勢のいいこと言ってますけど……痛っ！」

「ごめんなさい、ゴキブリかと思って踏みつけたら、サワの足だったみたい」

ひどーい、と叫ぶ同期をひと睨みして、美琴は点滴の仕分けを再開する。

京子とは中学時代からの同級生なのだ。その後の看護学科、梓川病院という進路まで同じになったのは、別に示し合わせたわけではない。むしろ中学生のころから赤だ青だと髪を染めていた沢野は、美琴にとっては近づきがたい存在だったが、こうしてともに働くことになった今では意外に悪い同期ではないと思う。その軽薄さを除いては。

「仲いいわね、あんたたち」

「異議ありです、大滝さん」

思わず大きな声で応じた美琴は、しかしすぐに口をつぐんで姿勢を正した。ステーションに小柄な白衣の医師が入ってきたからだ。

背は低いが眼光は鋭く、異様な威圧感を漂わせている。その風貌から『小さな巨人』とあだ名されるる内科部長の三島である。

この『小さな巨人』の部屋から聞こえてくる唸り声が「謡」という芸能の一種だと美琴が聞いたのはつい先日のことだが、冗談でも詳細を確かめたいとは思わない。病気も逃げ出すと噂されるその威容に、好んで近づきたいと思うスタッフもいないのである。

一斉に看護師たちが口をつぐんで業務に戻っていく中、静かにステーションに入ってきた三島は、奥の机で突っ伏したままの研修医を見つけても眉ひとつ動かさない。まるで何事もなかったかのように入り口脇の端末の前に座ってカルテ記載を始めた。

カタカタとキーボードを叩《たた》く音さえ妙に冷ややかで、ステーション内の気温が二度ほど下がった心地だ。そっと目配せをしあって美琴たちが仕事に戻ろうとしたところで、しかしふいに大滝のよく通る声が響いた。

「何か嫌なことでもあったんですか、三島先生」

美琴たちと話す口調となにひとつ変わらぬ悠々たる調子で大滝が三島に話しかけている。

傍目には、その体格差もあって、気難し屋の息子をなだめる貫禄ある母親といった景色だが、これはまちがってても口に出せる冗談ではない。

無表情の副院長はわずかも手を止めず、主任看護師に冷ややかな一瞥《いちべつ》を投げかけただけだ。他のスタッフならそれだけで萎縮《いしゅく》するような視線を前にしても、大滝は格別気にした様子もない。

「今日はいつになく怖い顔をしているじゃないですか」

「妙なことを言いますね、タキさん。この顔は自前のもので、今に始まったことではありません」

「いつもと同じ顔をしていたって、機嫌がいいか悪いかくらいはわかります」

微塵《みじん》も動じずに大滝が告げると、さすがに三島は手を止めて大滝を顧みた。

「忘れていましたよ。こんな小さな病院にも、優秀な主任看護師がいたということをね」

「今日は救急関連会議だったんですよね。また救急車の件で、もめているんですか？」

「いつものことです。当番日以外もすべての救急車を受け入れられないか、と経営陣からの強い要請がありました」

「その話なら断ったはずじゃ……」

「断りましたよ。今の医師の数では到底不可能だとお答えしたばかりです」

その話なら美琴も耳にしたことがある。

梓川病院は夜間救急の当番日を週二日と設定し、その他の日は原則的に夜間救急患者を受け入れていない。この小さな病院の限られた医師だけで二十四時間、救急車を受け入れるなど、とてもできない相談だから当然といえば当然なのだが、この病院に受け入れを断られると、市街地の大病院まで一時間近く搬送しなければいけなくなる。周辺地域の高齢化が急速に進んでいることも絡んで、いつでも患者を受け入れてほしいという地域からの強い要望があることもまた事実なのだ。

「今年は研修医もいますからね」と三島はステーションの奥に目をやった。

そこにはいまだくうくうと心地よげな寝息を立てている桂の姿がある。

「医師の協力さえ得られれば、夜も日中と同じように救急部を稼働できるはずだ、というのが経営陣の意見です」

「夜働いたからといって、翌日が休みになるわけじゃないですよね？」

「そうですよ。どうも現場にいない連中は、医師を全自動医療ロボットか何かだと勘違いしているようでしてね。夜勤で働いている他の職種と違って、医師だけは当直でやっているということの意味が理解できないようです」

「で、どうしたんですか？」

「無理だと言うのは簡単ですが、そうもいかないでしょう」

三島は深々とため息をついた。

「地域から求められていることもわかりますからね。すべての患者を受け入れるのは困難ですが、近隣の高齢者の搬送を中心に可能な限り受け入れていくようにする、というのが落としどころです。地域を守るのは病院の務め。しかし部下を守るのは上司の務め。どちらかだけを考えればいいのであれば、これほど気楽なことはないんですがね」

にこりともせずそんなことを言う。大滝は微笑とともにうなずき、そのまま奥の休憩室に入っていった。

しばし三島のキーボードを叩く音だけが機械的にステーション内に響く。束の間冷ややかな緊張感が漂うステーションに、やがて大滝が再び姿を見せたときには、右手に淹《い》れ立てのコーヒーを持っていた。

「先生は、かっこいい仕事してると思いますよ」

さらりと告げながら三島の手元にカップを置く。置かれた方は一瞥を投げかけただけで手を止めようともしない。

「かっこいい仕事をしたからと言って、気持ちが晴れやかになるわけではありません」

「じゃ少しでも晴れるように温かいうちに飲んでください。インスタントでも愛情だけはたっぷり注いでおきましたから」

一瞬キータッチの音が途切れたが、すぐに抑揚のない声とともにまた指が動き出した。

「それは困りますね。私は胃腸があまり丈夫ではないんですよ」

不愛想なその返答の中にも、かすかな苦笑が交じったように美琴には思えた。と同時に先刻までのぴりぴりとした空気がわずかにゆるんだように感じられたのは気のせいであろうか。

ふいに窓外が青く光り、少し遅れてかすかに花火の爆音が聞こえてきたときには、もう大滝も何事もなかったかのように自分の仕事を再開していた。

「大滝さんて、やっぱすごいわね。あの三島先生相手に」

京子の小さなささやきに、美琴もうなずくしかない。

「この前、大滝さんに言われたわ。できる看護師ってのは、処置がうまかったり、患者に寄り添うだけじゃだめだ。うまく医者を動かす看護師のことだって」

「医者を動かす看護師？」

「看護師の立ち回りひとつで、医者の動きは全然変わるんだから、そのことを自覚しなさいって。そんなもんかしら」

唐突なその言葉が、しかし美琴にはなんとなくわかる気がした。

救急部で働いていたときも、島崎師長のいる日はどれほど忙しくても医師たちの動きには活力があり、不思議なほど物事が速やかに進んでいったものだ。深夜の救急部に立て続けに、家族のいない寝たきり患者が搬送されてきたときなど、処置室全体に、徒労感とでもいうような重苦しい空気が沈滞することがある。それが、島崎がいるかいないかで、がらりと変わるのである。

「でも、あんな変な先生たちの機嫌とって、持ち上げて、仕事回していくなんて、私には無理」

あっさりと兜《かぶと》を脱ぐ京子に、美琴は苦笑する。

「別に医者がみんな変人ってわけじゃないでしょ」

「甘いわね、ミコ。先生たちの生活見てたらわかると思うけど、まともな神経の人には耐えられる環境じゃないわよ。私たちはどんなに忙しくても時間がくれば帰れるけど、先生たちは……」

ちらりと京子は、まだ小さく鼾《いびき》をかいている桂に目を向ける。

美琴は反論の言葉を持たない。実際、いつ院内ＰＨＳにかけてもほとんどつながるこの青年は、まともに家に帰っているのだろうかと心配になる。

「ま、どっちにしても私、医者にならなくて心底良かったと思ってるわ」

「その点なら私も同感。サワが医者にならなくて、本当に良かったと思うわ」

あ、それなんかひどい、と頬を膨らませる京子に美琴は小さく笑った。笑いつつ、すでに普段の業務に戻ってカルテを整理している大滝にちらりと目を向けた。

「医者を動かす看護師、か……」

「なんなら、大滝さんのコーヒー作戦実行してみる？　ミコなら、どれくらい医者を動かせるかしら」

京子が意味ありげな目をしたのは、ちょうど桂が寝ぼけ眼で頭を上げたからだ。

一瞬点滴ボトルを持った手を止めた美琴は、すぐに目の前の友人に冷ややかな目を向けた。

「遠慮しとく。あなたにまた新しい噂のネタをあげるだけだもの」

「ちぇっ、つまんないの」

ふたりの控えめな笑い声をかき消すように、ひときわ大きな花火の音が響いた。


膵癌の長坂さんの抗がん剤治療が始まったのは、お盆も明けた八月の半ばからだ。

検査とＩＣが終わり一旦《いったん》退院した長坂さんが、物静かな奥さんとまだ小学生の息子を連れて再入院となった日が、すなわち治療の開始日となった。

長坂守という男性は、すらりと背が高く品の良い紳士然たる風貌の持ち主である。病棟を歩けば、たちまち若い看護師たちの目を引き、噂話に花が咲く。しかしその穏やかな笑顔の下に、死の病を得ているのだという話を聞けば、さすがの噂好きの看護師たちも、はっとして口をつぐみ、何気ない日常事へと話題を変えていく。

そんな景色の中で、美琴たちは、どんな華やかに見える人生にも、意外なほどすぐそばに死というものが潜んでいるのだという事実を、理屈でなく感じ取っていくのである。

「ジェムザールという点滴の薬を使用します」

南向きの日当たりの良い個室に、桂の声が響くのを、美琴は静かに見守っている。

「一週間に一回点滴し、三週繰り返したところで、一週間お休みという流れですが、十日目から二週間目にかけて、以前お話しした骨髄抑制という副作用が出る可能性がありますので、血液検査の回数が増えます。経過が良ければ、適宜外来治療に切り替えていきます」

桂の声に長坂さんは黙って頷きを繰り返している。

一通りの説明が終わったところで、満足げに笑顔を見せた。

「特別の疑問はありません。ありがとうございます」

「私はまだ研修医ですが、薬の選択から用量、使用法にいたるまで、三島先生や薬剤師など二重三重のチェックが入っています。心配はしないでください」

「不思議なことに……」

と長坂さんが傍らの息子の髪を撫《な》でながら笑う。

「先生と話していると、その点に関する不安は微塵も感じません」

「ありがとうございます」

一礼した桂に、「先生」と長坂さんは静かに続けた。

「私は少しでも生きたい。妻と子のためにも」

時候の挨拶《あいさつ》でもするような穏やかな口調で告げられたその言葉に、美琴は一瞬遅れてからはっと息を吞《の》んでいた。

にわかに張りつめた緊張に、しかし桂は動じなかった。

その動じない研修医に、長坂さんは満足げに頷いて右手を差し出した。

「先生、私に力を貸して下さい」

言葉はなく、わずかな間を置いて桂もまた、その手を握り返した。

病室を出ると、夏の眩《まばゆ》い陽射しが燦々《さんさん》と廊下に降り注いでいる。つい先刻の一瞬の緊張が嘘のように、桂は落ち着いた足取りで、その明るい光の中を歩きだしていた。

若い研修医の胸の内に去来するものが何であるか、美琴には測ることができない。緊張か不安か、いずれにしてもそういった重圧を微塵も表に出さないこの青年は、やはり立派なものだと率直に思う。とふいに、先を行く桂が独り言のように呟《つぶや》くのが聞こえた。

「秋海棠《しゅうかいどう》でしたね」

意味を測りかねて首をかしげる美琴に、桂が続ける。

「病室にあった花です。お盆が明けて早速咲き始めていた」

美琴の記憶の片隅に、サイドテーブルに載っていた比較的大きな植木鉢があった。

少しうつむき加減の薄紅色の花は、まだ咲き始めたばかりのようであった。

「鉢植えで置いてあるって珍しいですね」

一般的には病室に飾る花は切り花であり、病室に〝根を張る〟というイメージや〝根付く〟が〝寝付く〟に通じる鉢植えは、避けられることが多い。確かに珍しいことだ。

「秋海棠は切り花としても十分さまになる花です。もちろん切れば長持ちはしなくなりますから、敢《あ》えて鉢で置いてあるということはよほど好きな花なのかもしれません」

「秋海棠っていうんですか」

「断腸花《だんちょうか》ともいいます」

廊下の途中で行きあったお年寄りに、「こんにちは」と会釈しながら、桂は歩を進める。

「昔、想いを遂げられなかった美人が、苦しみ嘆いたあげくに流した涙が、あの花を咲かせたのだと……。中国の故事ですよ」

難しいことは美琴にはよくわからない。

ただあの静かな重圧の中で、そんなことを考えていたのかと少し呆れるくらいだ。

いずれにしても、こんなにすらすらと花に関する知識が出てくるのだから、本当に花屋さんの息子なのだろうと、そっと微笑したところで、ふいに桂が足を止めて呟くのが聞こえた。

「満開の秋海棠だけは見せてあげたいですね」

はっとして顔を上げた美琴の位置からは、しかし桂の表情は読み取れなかった。表情は見えなくとも、その肩がかすかにふるえるのが見えたとき、美琴は唐突に理解した。

ほころび始めた秋海棠。それが満開になる時期を長坂さんは迎えられないかもしれないという事実。どれほど元気そうに見えても、それが長坂さんの現実だ。

ふいに脳裏をよぎったのは、病室にいた物静かな奥さんや無邪気な少年の姿だ。途端に、はるか遠くを彷徨《ほうこう》していたはずの死神がいつのまにかすぐ背後の廊下に静かに佇《たたず》んでいるような、不気味な冷ややかさを感じて、美琴は言葉を失っていた。

「力を貸してくれなどと、僕のような未熟者には重すぎる言葉です」

夏の日がどこまでも陽気に降り注ぐ廊下に、淡々と声が響く。

未熟者は自分の方なのだ、と美琴はいつのまにか唇を噛んでいた。

患者の病状に対する認識の甘さ、桂の抱えている重圧への無感覚。よく見ているつもりでいて、大事なことが見えていなかったのだということを唐突に気づかされて、すぐには言葉が出なかった。

束の間の重苦しい沈黙を、しかし力ずくで押し返すだけの気概が、美琴本来の持ち味であった。

「先生はちゃんと長坂さんの言葉を受け止めていましたよ」

控えめに告げたつもりが、静かな廊下に思いのほかはっきりと響いた。通りすがりの男性患者が不思議そうに振り返ったが、美琴は構わず良く通る声で続けた。

「それに重すぎる言葉を先生がひとりで背負う必要はありません。三島先生という梓川病院最強の後ろ盾がいるんです。『小さな巨人』の前では病気だって逃げ出します」

桂は少し戸惑ったような顔をしてから「なるほど」と微笑した。

「たしかに、患者さんだって怖がる先生ですからね」

「そうです。それに三島先生だけじゃなく、私たちだってついているんです」

勢いにまかせて吐き出した言葉が不思議な熱を帯びて廊下に響き、美琴は急に頬が熱くなる心地がした。どうもこの青年を相手にするとペースが乱される。

桂は二度ほど瞬きをして、控えめに苦笑した。

「……なんか照れますよ」

「照れるようなことは言っていません」

慌てて美琴は言葉を重ねる。

「〝私たち〟と言ったんですよ」

「そうですね」

笑った青年の声は、震えてはいなかった。

「月岡さんて、もう少し冷たい感じの人だと思っていました。ありがとうございます」

褒められているのかけなされているのか、今一つわからない言葉とともに、桂は一礼し再び明るい廊下を歩き出した。その足取りが先ほどより少し堂々と見えたのは、美琴のひいき目だろうか。

ふと気づけば廊下の向こうや病室の中に、ちらほらと他の看護師たちの姿が見える。

――明日はまたよからぬ噂がたつのだろうか。

やれやれとため息が漏れたが、心の中は意外なほどさわやかだった。

美琴はしばらく立ち尽くしたまま、遠ざかる白衣の背中を見守っていた。


九月に入ると信州は、にわかに気温が下がり始める。

真夏であっても日陰に入れば心地よい涼風の吹き抜ける郷《さと》である。秋に入ると、吹き抜ける風の中には来るべき厳しい季節を予感させる冷気があり、実りの季節という以上に、心の引き締まる時季なのである。

「お母さん、あれ、なんて花？」

ダイニングで朝食のトーストを頬張っていた美琴は、縁先に咲く青紫の鮮やかな色彩に目を向けたまま、何気ない声を上げた。

キッチンで父の弁当をこしらえていた美琴の母親は、ちょっと伸びをするように首をのばしてから、食パンをくわえた娘に不思議そうに目を向けた。

沈黙のままである。

「なんか変なこと聞いた？」

「あなた、男できたでしょ」

唐突な一言を、母親は器用に卵焼きをひっくり返しながら、発してきた。美琴としてはとりあえずパンを噛みきって、ただちに身の潔白を主張するしかない。

「あのね、お母さん、私はただ花の名前を聞いただけなんだけど……」

「あなたが花に興味を示したのは、二歳八か月の頃に、タンポポを見て食べていいかってお母さんに聞いて以来のことよ。今日は晩御飯までには帰ってこられるの？　朝帰りになるなら、先に言っておいてよ」

「帰ってきます！」

抗議の声を張り上げる美琴に、母親はむしろ心配そうな顔を向ける。

「お母さんはミコが誰とお付き合いしても文句は言わないつもりだけど、その人だけはやめなさい」

「は？」

「お付き合いをするのに花の名前が必要になるような人のところに、桔梗《ききょう》も知らない娘を差し出したら、お母さんの立場がないじゃない。もう少し野暮ったくて、足が短くて、気持ちだけは優しいって男の人の方が絶対いいわ。お父さんみたいにね」

勝手に話が進んでいく。美琴は反論を諦《あきら》めて食パンを頬張りながら、逃げ出すように隣の和室に放り出してあった鞄《かばん》を取りに行く。

清潔に整えられた六畳間には、床の間の脇に錦《にしき》に包まれた大きな和琴《わごん》が立てかけられてある。母が昔から大切にしている楽器で、その豊かな音色を聴いて育った美琴は、仕事で忙しくなった今も耳の奥底に琴の音を思い出すことができる。

「この琴の音のように美しい女の子に」という両親の願いはずいぶん高望みではないかと、美琴自身がよく母に向かって口にしたものだ。

美琴は東の間、壁の琴を眺め、それから足元の鞄を手に取ってキッチンに戻った。

「行ってきます、お母さん。晩御飯はちゃんと用意しておいてね」

敢えて大声でそう告げて玄関を出た。

外に出れば、庭先の青い花がなんとなく目に入る。

「桔梗、ね……」

美琴は小さく呟いたのち、心の内のささやかな感傷を吐き出すようにひとつため息をつくと、自転車を引きだして、いつもの身軽さでひらりと飛び乗った。


また何か妙なことを言い始めた。

日も暮れた病棟スタッフステーションで、真剣に悩んでいる桂を見て、美琴は小さくため息をついていた。

「もう一回言ってください、桂先生」

「はい、ナマダイコンのコヌカヅケです」

「ナマダイコン……」

「知っていますか、月岡さん、ナマダイコンのコヌカヅケ」

「初めて聞きます。桔梗と秋海棠なら知っていますけど……」

「変なことを言いますね。花ではありませんよ。普通に考えても花ではないでしょう」

桂は困惑気味の目を美琴に向けて、そんなことを言う。

普通ってなんだよ、お前が言うな、と美琴は心中で悪態をつきつつ、

「そのダイコンがどうしたんですか？」

穏やかに問い返した我が身の忍耐に喝采《かっさい》を送りたい気分だ。これも大滝主任の教育のたまものかもしれない。

「312号の新村《にいむら》さんです。ナマダイコンのコヌカヅケなら食べる、と」

新村さんというのは八十八歳のおばあさんで、誤嚥《ごえん》性肺炎で入院中の患者さんだ。

飲みこむ力、いわゆる嚥下機能が落ちてしまい食べるとむせるということを繰り返しているのだが、家族と相談の上、胃瘻《いろう》は作らず、食べられるだけ食べさせて見守るという方針になっていた。

しばらくは穏やかな時間が過ごせることを見込んでいたのだが、ここ数日はほとんど何も食べず、少量の水分だけ飲んで、黙って横になっている。

「どろどろの重湯ばっかり出てくるから嫌になってきたのかしら？」

「そう思って、五分粥《ごぶがゆ》に変えてみたのですが、一向、事態は改善しません。それでなんだったら食べるか、と聞いたら……」

「ナマダイコンのコヌカヅケ？」

そうですと頷いた。

なんでしょうか？　と問われても、美琴にわかるはずもない。

「ほかの誰かに聞いてみましたか？」

「昨日夜勤だった沢野さんには聞きましたが、意味わかんない、と。料理にはあまり興味がないようですね」

それはそうだ。相手が悪すぎる。患者に向かって診断を聞いているようなものだろう。

だいたいそんなことより、美琴にとっては目の前の青年医師の顔色の悪さの方が気にかかる。この青白い顔の研修医が、強面の指導医と並んで回診している様は、生半可な感染症よりたちが悪い。

「先生、患者さんのことに熱心なのはいいですけど、少しは休んだ方がいいんじゃないですか。今日だって当直明けですよね」

「休んでいますよ。今だって仕事をしているわけじゃない。ただナマダイコンを……」

「ダイコンくらい調べておきますから、帰ってゆっくり休んでください」

「どうしたの、二人ともずいぶん楽しそうね」

ふいに口を挟んできたのは、処置台を運んできた大滝である。美琴に向ける目に、意味ありげな光がある。美琴は精いっぱいの抗議の視線を返しながら、

「誰も楽しくはありません。ご自分の睡眠と患者のダイコンを天秤《てんびん》にかけている先生を諭している

だけです」

「大滝さんは、ナマダイコンのコヌカヅケって知っていますか」

「なにそれ、相撲の一番？　〝舞《まい》の海《うみ》のすくい投げ〟みたいなもん？」

さっぱり意味がわからない。

太い腕を組んだ大滝は首をかしげながら、

「信州の郷土料理か何かかしら。そうなると根無し草の私にはわかるはずもないし……」

「僕もこの町に来たのは、医学部に入ってからです。ですが松本育ちの月岡さんも知らないとなると……」

「私は秋海棠も桔梗も知らない人間です。母に聞いておきますから、明日まで待っててください」

「ずいぶん桔梗にこだわるんですね」

「誰のせいだと思っているんですか」

言ってから、しまった、と唇を嚙んだがもう遅い。桂と大滝の二人が不思議そうな顔で美琴を見返している。しかし助け舟は思わぬところからやってきた。

「沢庵《たくあん》のことですよ」

ふいに降ってきた声に三人がそろって振り返ると、ステーション前の廊下に点滴棒を引きずった長坂さんの姿があった。抗がん剤治療が始まって二週間。少し痩せた印象はあるものの、大きな変化はない。

「沢庵、ですか？　長坂さん」

「生大根の小糠《こぬか》漬《づ》け、沢庵のことです。あまり一般的な言い方ではありませんがね。お年寄りの方なんかは、今でもそういう言い方をしますが……」

遠慮がちに穏やかな笑みとともに答える。

感心しきったような顔の桂に、

「なにかお役に立てましたか？」

「充分です、長坂さん。長坂さんのおかげで、今日は少し眠れそうです」

「それはなにより」という長坂さんの返答は、「お父さん！」という明るい声によって遮られた。

ちょうどエレベーターから降りてきた少年が、父親を見つけて駆け寄ってきたのだ。

「良太《りょうた》、ちゃんとお母さんの言うことを聞いていたか？」

「聞いた！」

明るい声の少年を抱き上げる長坂さんの姿は、そこにある病の深さとあまりに対照をなしていて、にわかに美琴の理解の範疇《はんちゅう》を超えてしまう。

「長坂さん、経過は良さそうですね」

何気なく、桂に問いかけたその言葉は、しかし返答を得られず、宙をさまよった。

ふと見返した青年の横顔は、あの「満開の秋海棠だけは見せてあげたい」と告げたときの、張りつめた緊張を宿していた。


その後の長坂さんの経過は、文字通り、坂道を転げ落ちるようであった。

あれほど元気そうに見えた数日後には、急激な黄疸《おうだん》が出現した。血液検査の数値も一挙に悪化し、三島先生と何度もカンファレンスを開いていた桂は、「ＥＲＣＰをやります」と告げて、内視鏡処置を選択した。

処置ののちは一時、中止した抗がん剤治療を再開するまでに回復したが、それも束の間、数日後には貧血と血小板減少が進んで、再び抗がん剤治療は中止になった。

全体の経過はわずか二、三週の話である。

その間、おそらく桂はほぼ院内に詰めきりでいるようであった。

重症化しつつある長坂さんへの対応はもちろん大変だが、桂の受け持ち患者は、長坂さんだけではない。ほかにも新村さんをはじめとする肺炎や心不全の高齢患者も複数抱えている。肺炎患者の呼吸状態の悪化や急な心不全患者の入院にも対応し、休日のない日々のはざまに問答無用で救急部の当直が割り込んでくる。文字通り夜も昼もない。

看護師は、どれほど患者が重症であっても、日勤者が病院に泊まり込むことはない。夜勤は夜勤で、夜が明ければ確実に休息がとれ、家に帰ったあとに急患で呼ばれることもない。そういう美琴にとって、丸二日間、眠らずに働き続けなければならない医師の当直体制だけでも異常だと思うのだが、いつ病院に行っても確実にいる桂という青年の存在は、ほとんど狂気じみて見えていた。

いや、確かに何かが狂っているのだと美琴は思う。いくら過労の研修医を心配して「休んでください」と言っても、重症患者を抱えた主治医のもとには、絶え間なく電話がかかる。この町の医療は、そういう成り立ち方をしているのだ。

「とても難しい問題よね」

ある夜勤の夜、医療者の勤務体制について話題に上ったとき、大滝は言ったものである。

「今の地域医療っていうのは、医者個人の努力に、あまりにも頼りすぎているの」

いつものように点滴の準備の手を止めずに淡々と続けた。

「大都市の医療って、医者の数も増えて十年前と比べても様変わりしているわ。ある程度の規模の病院なら当直体制も廃止して、医者も夜勤体制になりつつある」

「医者も夜勤ですか？」

「そうよ、当然といえば当然よね。人の命を預かる仕事をしている人が、徹夜で働かされている今の状況が異常なのよ」

実際に色々な土地で働いてきた大滝だからこそ言える言葉であろう。松本から出たこともない美琴には異世界の話だ。

「でも医者不足のこんな田舎町じゃ、とても夜勤体制になんてできるはずもない。それなのに、地域からの要求は昔より厳しくなって、少ない人数で夜でも患者さんを受け入れなければならなくなってきている」

「三島先生だって怒るわけですね」

「そうね。でも、三島先生が言ったとおり、大変だからってあっさり諦めていい話でもないわ。お年寄りが増えて、夜中に運び込まれてくる患者さんも増えてきていることも事実だからね。私はせめて、看護師の自分に、なにかできることはないかって考えるようにしているのよ」

だから、と大滝は初めて手を止めて、少し遠くを眺めるような目をした。

「私は三島先生にコーヒーを淹れてあげるんでしょうね」

「医者を動かす看護師、ですか？」

「あら、沢野にでも聞いたの？」

小さく笑って大滝は美琴を見た。

この極限の世界において、大滝が何に力を尽くしているのか、美琴にはようやく見えるようになりつつある。

「あんたはどんな看護師になるかしらね」

大滝の問いに、美琴は黙って手を動かし続けた。

答えなど出るはずもない、と思った。

答えなど出るはずもないまま、長坂さんの逝く日は訪れた。


日曜日の夕刻であった。

数日前から断続的な腹痛に対してモルヒネ製剤を開始し、徐々に意識レベルが低下しつつあった長坂さんの、血圧低下アラームが鳴り響いた。

奇《く》しくも、美琴が夜勤のリーダーとして入った夜であった。なかばパニックになる一年目と二年目の看護師を叱咤《しった》して、すぐに点滴を全開にし、ステーションに戻って桂、三島の両医師に連絡する。

電話してわずか一、二分で桂が姿を見せたということは、その日も院内のどこかで働いていたということであろう。よれよれの白衣をまとったその姿は「颯爽《さっそう》」とは対極であったが、それでも心強く感じられるのが、夜勤看護師の側の率直な心境だ。

「酸素は最大10リットルまで上げて構いません、プレドパも5ミリで開始。ご家族は？」

「病室にいます」

短いやり取りとともに廊下を進み、先を行く桂が病室の戸を開けた途端、再び悲鳴のような警告アラームが飛び出してきた。

ベッドには真っ白い顔の長坂さんがおり、傍らに、少年を膝《ひざ》に乗せた妻が黙って寄り添っている。

駆け寄った桂は、眼瞼《がんけん》結膜の確認から胸部の聴診、腹部の触診までを流れるように進めてから、顔を上げた。

「誰か、会っておかなければいけないご家族はいますか？」

妻は声もなく、そっと首を左右に振っただけだ。

桂は、骨と皮だけになった長坂さんの左手をとって、さらに付け加えた。

「このまま見守ります」

妻はそっと立ち上がり、深く頭をさげた。地に付くほど深くさげた頭の横で、少年が不安そうな声を母親に向かって発した。

「お父さん、どしたの？」

その声で、抑え続けていた感情の堰《せき》が切れたように、妻は泣き崩れた。

駆け寄る看護師と見守る研修医。

けたたましく鳴り響くアラーム。

死亡確認は午後八時三十分であった。

静まり返った夜のステーションの奥にある休憩室で、美琴は鏡を見つめたまま、ぱしりと自分の頰を叩いた。あれほど真っ赤だった目がようやくもとに戻ってきて、美琴は小さく安堵《あんど》のため息をついた。

薄暗い壁の掛け時計はすでに夜十時を過ぎている。

つい先刻、長坂さんを、家族とともに病院の裏手から送り出してきたところだ。大きな仕事がようやく終わったと言えるだろうが、夜勤はまだ半分もすぎていない。いまだにまぶたを泣きはらしたままの後輩もいる今、自分がいつまでも弱々しいところを見せているわけにはいかない。美琴はもう一度ぱしりと頰を叩いて背後を振り返った。

電気を消した休憩室の壁際のソファで、すーすーと寝息を立てているのは、桂である。白衣はしわだらけ、聴診器は床に落ち、無精ひげには涎《よだれ》さえ付いている。ひどい姿だ。ひどい姿だが、美琴は小さく微笑んで、ずり落ちかけた毛布をその肩にかけた。

長坂さんの死亡宣告をした直後の桂は、能面のような無表情でふらりと病室から出て行った。あとを引き受けた美琴たちは、呆然《ぼうぜん》としている妻と、事情を飲みこめないままでいる少年とを別の部屋へ案内し、家族のケアと死後の処置と他の入院患者のラウンドとに分かれ、忙殺されることになった。

およその処置が終わったのは、夜九時ごろ。あとは葬儀業者のお迎えを待つという段になって、桂はふらりと病棟に戻ってきた。思いのほか静かな表情の桂に、美琴は少しだけほっとする。そんな美琴をステーション内に見つけた桂は、右手に持っていた袋を差し出した。

首をかしげて受け取った美琴は、中を見て目を丸くする。

「大根？」

袋に入っていたのは、糠に漬けられたまるごと一本の大根である。開けた途端に強烈な臭気がステーション内に広がって、慌てて美琴は、奥の休憩室へ持っていく。

「なんですか、先生、これ」

「新村さんの言っていた、生大根の小糠漬けです」

唐突に記憶が呼び覚まされる。二週間も前の話だ。

「なかなか買いに行く余裕もなかったんですが、今日は昼間に時間があったので、駅前で手に入れてきました」

「それはいいですけど、どうするんですか？」

「明日の朝ごはんに出してあげたいんで、俎板《まないた》と包丁を借りられますか？　小さく切り分けておきたいんです。休憩室にそれくらいの道具はありましたよね」

こういうタイミングで突拍子もない言動をする桂の意図を測りかねた美琴は、しかし相手を見返してすぐに口をつぐんだ。

青年の目に、青年らしからぬ暗く冷たい光を見たからだ。哀しみだけではない。怒りや孤独や、その他もろもろの行き場のない負の想念が入り混じって、一気に二十年は歳を取ったように見えた。

美琴はしばし桂を見返してのち、敢えて張りのある声で答えた。

「先生が切るんですか？」

「そういうことになりますが……」

「やったことは？」

「……………」

「私がやります」

美琴は反論の余地を与えず、休憩室のシンクの前へ行き、手早く俎板と包丁を取り出して支度する。

「しかし、この忙しい時に、月岡さんに余計な仕事を……」

「長坂さんはご家族と一緒に帰りましたし、ほかの患者さんたちも落ち着いていますから、ちょうど手が空いていました」

「しかし……」

「せめて、誰かのために何か手を動かしていたいと思っているのは、先生だけではありませんよ」

桂がはっとしたように動きを止めた。

美琴は、それに、と続けて言う。

「ろくに寝ていない先生に包丁使われる方が心配です。ケガ人が出たら仕事が増えるのは私たちですから」

「なるほど」

かすかに笑って頷いた桂は、少しだけ緊張が解けたように見えた。

美琴はすぐに巨大な大根を取り出し、手際良く切り分けていく。たちまち室内にひどい臭いが立ち込めてくるが、これはどうにもならない。臭いは簡単には取れないだろうから、明日の朝、先輩たちに謝るしかないだろう。変わり者の研修医が新村さんのために買ってきたのだと言えば、みんなも驚いて、怒る気をなくすに違いない。

「うまいものですね」

とんとんと刻んでいく美琴の横に並んだ桂は、感心したような口ぶりだ。

なんとなく首筋に緊張を覚えるが、横に並んだ桂は、それ以降、一言も口を利かない。そっと横顔に視線を投げれば、黙って窓の向こうの夜空を眺めている。

包丁を動かしながら、沈黙を埋めるように美琴は口を開いた。

「よく、覚えていましたね、ナマダイコン」

「長坂さんがせっかく教えてくれたことですからね」

ふわりと返ってきた声に、美琴は思わず唇をかむ。と同時に、あのときの「沢庵のことですよ」と笑っていた長坂さんの姿や、駆け寄ってきた少年の姿が思い出され、あとはもうどうすることもできないまま、視界がじんわりとにじんでいた。

大根が涙で揺れる中を、美琴は何も言わず包丁を動かし続ける。

〝私は少しでも生きたい〟

そう言う声が、不思議なくらいリアルに耳の奥に響いた。

しかし、妻と子のためにも生きたいと言っていたあの穏やかな紳士は、家族を置いてすでに逝ってしまったのだ。

「神様というのは、ひどいものです」

静かな声が降ってきた。

「あんな気持ちの穏やかな人に、もう少し家族といる時間くらいプレゼントしてくれてもいいだろうに……」

「そう、思います……」

「きっと神様は、人間なんて小さな生き物に、なんの興味もないんでしょう」

苦しい言葉であった。

深い哀しみを秘めた言葉であった。

でも、と少し言葉をくぎって桂は続けた。

「僕は絶望はしていないんです。たとえ人の命を引き延ばしたりできなくても、それでも人間にはできることがあるはずです。あると信じているから沢庵を切るんです」

声は淡々としていても、この青年は泣いているのだ。その思いのためにまた涙があふれ、美琴は一層速く、包丁を動かし続けた。

「秋海棠は満開でしたね……」

桂が夜空を見上げたまま、独り言のように呟いた。

とんとん、と俎板をうつ包丁の音だけが響いていた。


美琴は、眠りこけている桂に、もう一度そっと毛布をかけなおした。そのまま首をめぐらせれば、そばの机の上にはタッパーに入ったみじん切りの沢庵がある。明日の朝、この若い医師はこれを持って３１２号室に行くのだろう。どんな顔をして持っていくのか想像するのは難しいが、きっとぎこちない笑みを浮かべているに違いない。

思わず微笑したとき、ふいにステーションの受付の方で話し声が聞こえた。

夜の十一時も回った時間に、少し荒っぽい声が聞こえてくる。応対しているのは一年目の看護師だ。

ステーションに顔を出した美琴は、受付の前に立っているスーツ姿の背の高い中年男性を見つけて、途端に気が重くなった。

いくらか白いものの交じった髪をきっちりとポマードで固め、いかにも高価《たか》そうなブランドもののネクタイをぶらさげた硬い表情の男性だ。

「ああ、あなたが今日の夜勤の責任者ですか？」

言葉遣いは丁寧であっても、態度は露骨に横柄である。何度か美琴も見かけたことがある、病棟一番奥の特室に入院中の患者の、知人という人物だ。特室の患者というのは胆石発作で入院となった老人で、昔どこかの市議会議員を務めたという人物らしい。その関係で、病室には、友人、知人の出入りが多いのだが、人の往来が激しいことは問題ではない。問題は、訪れる人の中にしばしばこの男性のように、応対の難しい人物が交じっていることであった。

「こちらの新人では話にならなくて困っていました」

応対をしていた青白い顔の看護師を押しのけるようにして、美琴に声を投げかける。

「うちの先生の具合はだいぶいいみたいですね？」

「うちの先生」というのはこの場合入院患者本人のことを指している。

「患者さんは、痛みも取れているみたいで、落ち着いています」

「そうですね。今会ってきましたからわかります。それで今後どのような予定なのか、手短でよいので教えてほしいのです。ドクターはいますか？」

さすがに美琴は当惑して、壁の時計に目を向ける。

夜十一時半。それも日曜日の夜十一時半である。

「簡単な話でよいのです。うちの先生は忙しい人ですからね。今後の予定もあるものですから」

とがった顎《あご》を撫でながら、神経質そうに片足で貧乏ゆすりをやっている。美琴は持ち前の冷静さを発揮して、できるだけ穏やかな口調で応じた。

「すいません。ご家族以外の方に病状をくわしくお話しすることはできません。それに先生は今日は休みで……」

「ああまったく」と心底面倒そうに男性は首を左右に振りながら遮った。

「もう私は何度もここに来て話を聞いています。家族みたいなものだと先生もおっしゃっていたはずですよ」

「そうですか、失礼しました」

「別に三島先生を呼び出してほしいと言っているんじゃないんです。もうひとり若いのがいたでしょう。桂と言いましたか？　あれを呼んでください。三島先生の方針を少し聞かせてもらうだけでよいのです」

「もうずいぶん遅い時間です。桂先生もさすがにこの時間に……」

「ここは病院じゃないんですか？」

冷ややかな男性の声に、傍らの新人看護師は冷水でも浴びせられたように首をすくめた。

「病院なら夜でもちゃんと対応してください。それがあなた方の仕事でしょう。桂医師を呼んでくれればそれでいいんです」

不思議なこともあるものだ、と美琴は素直に驚いていた。

怒るという行為は激情にかられるものだと思っていたのに、こんなにも冷静に、澄んだ心持ちで怒れるのかと、自分自身の内側を落ち着いた目で眺めやった。

それから美琴は、冷え冷えとした目を相手に向けていた。

「今日はお引き取りください」

「は？」

「先生たちはお休み中です。今日はお帰りください。明日の朝、桂先生にはＩＣ可能な日時を確認します」

「そんな時間がないから今呼んでくれと……」

「冗談もほどほどにしてください」

ぴしゃりと平手打ちを喰《く》らわすような声が響いた。

男性はさすがにぎょっとする。傍らの後輩も驚いて身を硬くする。

「ここは病院です。具合が悪い人が来る場所です。具合が悪い人が来れば、先生たちもすぐに飛び出して来てくれますが、そうでない人のためにまで時間をつくる余裕はありません。それとも病院という場所では、自動販売機のようにお金を入れてボタンを押せば、医者が転がり出てくるとでも思っているんですか？」

呆気《あつけ》に取られている男性を前に、美琴は迷いのない心のまま語を継いだ。

「もう一度申し上げますがここは病院です。病院では、どんな立派なネクタイを締めているかではなく、どんな大変な病気を抱えているかで優先順位が変わります。今夜は……」

美琴はそっと右手で階段を示した。

「お帰りください」

しばし眉を寄せ、美琴を睨みつけていた男性は、やがて何事かあまり上品でない捨て台詞《ぜりふ》を吐いて、病棟を出ていった。

唐突に戻ってきた静寂の中、にわかにぱちぱちと小さな音が聞こえたのは、傍らの看護師が手を叩いたからだ。ちらりと美琴が目を向ければ、慌てて拍手をやめて手を下ろす。

「ラウンドは終わったの？」

「ま、まだです」

「早く行ってきなさい」

はい、と答えた看護師はすぐに廊下に駆け出していく。その途中でふいに振り返って、美琴にぺこりと頭をさげた。

「ありがとうございました、月岡先輩」

明るい声に重なるようにパタパタとナースシューズの足音が遠ざかっていった。

深々とため息をついた美琴は、慌てて休憩室の方に目を向けたが、どうやら桂は眠ったままでいるようだ。

急に力が抜けて、何をやっているんだろうかと自問する。

もちろんどのような理由があったにしても、新人看護師に明るい笑顔で礼を言われるような対応であったとは微塵も思っていない。いやおそらく、病院スタッフとしては非常にまずい対応だったのだろう。

しかし、ではいかにすべきであったかと問えば、容易に答えは見つからない。確かなことは後悔はしていないということだけだ。

「たぶん……個人的な感情が混じってるんだろうな」

低徊《ていかい》する思考がそんな小さな結論に行きついて、美琴は苦笑した。

過労の医師を守るため、という建前にしてはずいぶん感情的であったことが自分でもわかる。あの奇妙にまっすぐな研修医の存在が、自分の中でいつのまにか少しだけ大きくなっている。そのことを素直に認めるだけの爽《さわ》やかさが、今の美琴の心の中にはあった。

しばし天井を見上げて呼吸を整えた美琴は、やがて気持ちを切り替えるように勢いよく廊下に向けて歩き出した。


〈副院長室〉

ドアの上に掛けられたプレートを見て、美琴はごくりと唾《つば》を飲んだ。

そこは、多くの医者が出入りする総合医局の隣にある。

医局は、常日頃から梓川病院の医師たちが出入りする部屋であるから、看護師の美琴にとっては無縁な場所だ。のみならず副院長にして内科部長の三島の部屋となると、頼まれても近付きたくない場所である。あの「謡」と称する奇妙な唸り声を遠くで聞いているくらいがちょうどいい。

そんな場所に朝から呼び出された美琴の緊張は、並のものではない。しかし仕事である以上は逃げ出すわけにはいかないから、意を決してノックとともに入室した。

「ご苦労様です」

そういう無感動な声は、正面の大きな机の向こうに座っていた三島のものだ。

すぐ右手に主任看護師の大滝が立っていたことで、少しだけ美琴は安堵したが、三島の方はそんな美琴の様子に気づいた素振りもなく、鋭い視線を静かに手元の書類から持ち上げた。

「なぜ呼ばれたかわかりますか？」

「多分……」

我ながら頼りない返事だと美琴は思う。

つい四、五日前怒鳴りつけた男性から、なにか投書があったという話はすでに、大滝から聞かされていた。入院していた胆石の患者は、かつての議員時代に梓川病院の発展に様々に尽力してくれた人だということで、病院にとってはＶＩＰ中のＶＩＰであったという知りたくもない情報も耳に入っている。

ようするに美琴としては「やってしまった」という状態なのだが、今さら時計の針を戻してにこやかな対応でやり直せるわけでもない。仮にやり直せたとしても、やっぱり桂を起こすことはしないだろうと思う。だとすれば……。

美琴はそっと腹を決めた。

辞めろというなら、辞めるまでだ。

「では、月岡看護師、さっそく本題に入ります」

社交辞令も前口上もない、いかにも三島らしい単刀直入の切り出し方だ。

「来年、あなたを病棟主任に引き上げる予定です。よいですか？」

美琴は、二度瞬きし、用件を飲みこめぬまま、三度目の瞬きをした。

「聞こえましたか、月岡看護師」

「聞こえているつもりですが、おそらく聞き間違えました。もう一度お願いします」

「来年、あなたを主任にしたい、内科病棟の」

三島は、右手の書類を卓上に置いて続ける。

「大滝主任が今年度で退職します。その後任です」

え、と声をあげて傍らに立つ大先輩に目を向けた。

大滝は大きな肩をすくめて答える。

「実家の母親の、認知症が進んでいてね。ひとり暮らしもだいぶ厳しくなってきたところに、ついこの前転んで、大けがをしたのよ。命に別状はないから慌てることはないんだけど、くたばる前にそろそろ帰ってこいってさ」

「じゃあ、宮城に？」

「帰らなきゃいけない。根無し草だと思っていたけど、やっぱり根っこはあったみたいでね、おまけに切れたと思っていた根がまだつながっていたってわかると、帰るしかないと思っちゃうのよ。人間、ひとりで生きてるわけじゃないから」

大滝はいつもと変わらぬあけっぴろげな苦笑を浮かべた。

〝人間、ひとりで生きてるわけじゃない〟

きっと多くの生と死を目にしてきた大滝だからこそ、実感を持って言える言葉なのだろう。

「今すぐ辞めるわけにはいかないから、三月までは責任を果たすわ。でもそれで退職よ」

急な話である。しかし美琴にとっては急であっても、大滝にとっては以前から悩んでいたことに違いない。

「そんなに急がなくても……」と出かかった言葉を、美琴はしかし黙って飲みこんだ。

人という生き物が、いかに儚《はかな》い存在であるかということを、美琴はつい数日前に目にしたばかりだ。

何気なく眼をそらしたすきに跡形もなく消えてしまう朝露のように、命は驚くほどあっけなく失われてしまう。よくあるテレビドラマのようなクライマックスはそこにはない。奇跡も感動も起きない。涙を流す妻を置いて、まだ小学生の子供を置いて、あっさりと消えていくのが命である。そして失われたら寄り添うことは二度と叶《かな》わない。

美琴は束の間の逡巡《しゅんじゅん》ののち、何も言わず頷いただけだった。

「それで大滝主任の後任は誰が良いかと以前から相談していましたが、主任からはあなたの名前があがりました」

驚いて美琴は大滝に目を向けた。

当の大滝は、涼しい顔で笑っている。

「あの……、いくらなんでも無理があると思うんですが。ほかにもできる先輩たちはたくさんいますし、なにより私まだ三年目です」

「来年になれば四年目よ」

大滝は動じない。

その横で、三島が口を開く。

「あなたの意見は当然です。私も反対でしたから。しかし……」

と三島は一旦卓上に置いた書類を手に取って美琴に差し出した。

「このような投書が来て、気持ちが変わりました」

受け取ったそれは、例の、VIP患者の知人という男性からの投書である。

色々と細かい話が書いてあるが、要約すれば「無礼な看護師がいる、なんとかしろ」ということだ。ご丁寧なことに、美琴の発言の実に細かな部分まで再現されており、ボタンを押せば医者が転がり出てくるというものではない、などという口上まで書き記してある。

「ここには〝辞めさせろ〟と書いてあるように読めますが？」

「大事なのはそこではありません。病院では立派なネクタイより、具合の悪い人間の方が大事だと答えたくだりです」

恥ずかしい台詞を、この冷ややかな口調で聞く羽目になるとはさすがに思わなかった。美琴は居心地悪く身じろぎをする。

「最近は、この業界も風当たりが強い。医療もサービス業だと平然と口にする人もいます。けれどもそんな馬鹿な話はない」

三島の抑揚のない声に、心なしか熱がくわわったように思えた。

「サービス業というのは、お金が支払われた分だけ、それに値するサービスを提供する等価交換の産業です。けれども私たちは、お金に換算できないものをやりとりしている。医療をサービス業にしてしまったら……」

三島が軽く目を細めた。

「患者に沢庵を切る医者はいなくなるでしょうね」

あくまで淡々としたその口調はどこまで冗談なのか、どこにも冗談はないのか、それすらもはっきりしない。

三島は、美琴の手から戻ってきた投書の紙を無造作にびりびりと破いてから視線を戻した。

「無条件に来院者の機嫌を取ることより、沢庵を切ることの方が大事だと、肌でわかっている看護師は、それほど多くはいないのですよ」

呆然としたまま、美琴は傍らの先輩に目を向けた。

にやりと笑って大滝は応じる。

「もちろんいきなり主任ってわけにはいかない。最初の一年間は主任代行ということでお試し期間。そこでもし、どうしてもできないと思ったなら辞めなさい。でも、簡単にできないなんて、言わせないけどね」

「ほかの先輩たちは？」

「了解は取ってあるわ。不穏分子はゼロじゃないけど、そんなことまで期待していないでしょ？」

あっさりとしたもの言いに、美琴は答える言葉を持たない。

「だいたい主任になりたいなんて物好きな看護師は、ほとんどいないのよ。数千円月給が上がっただけで、何倍も仕事が増えるんだもの」

「色々な意味で、気が滅入《めい》るんですが……」

美琴は、懸命に頭の中を整理しつつ、言葉を選びながら続けた。

「少し考える時間をください。さすがに急な話で……。辞めさせられる覚悟で来たくらいなんです」

「かまいません。結論を急いでいる話ではありませんから。じっくりと考えてください」

あっさりとしたその返答に、美琴はとりあえず大きく息を吐いて一礼した。

去り際に、三島の静かな声が美琴を呼び止めた。

「そういえば、小糠漬けのおばあさんは、ちゃんと食べてくれるようになりましたか？」

美琴は振り返って大きく頷いた。

「いい仕事をしていますね」

『小さな巨人』が、ほのかな微笑を浮かべた。

三島が笑うところを見たのは、美琴にとっては初めてだった。ぎこちなくとも温かなその笑みは、美琴が驚いて瞬きをしたときにはすでに消えていた。

戸惑う美琴を押し出すように、副院長室の扉が重々しく閉まった。


雲ひとつない秋晴れである。

陽射しはどこまでも暖かで、風はかすかに冷気をはらみつつも穏やかに吹き抜けていく。まもなく訪れる厳しい冬を前にして、過ぎゆく秋はなお、どこまでも伸びやかだ。

「暖かいねえ……」

小さくつぶやいたのは、車椅子に乗っていた新村さんだ。しわくちゃの顔を一層しわだらけにして、眩《まぶ》しそうに駐車場脇の花壇に目を向けている。

「もう少し、散歩しますか？」

美琴の声に、車椅子のおばあさんはこくりとうなずいた。

ほとんどベッド上で寝たきりに近かった新村さんは、今はもう車椅子で院外まで散歩に出かけられるくらいに回復しているのである。

あの日、桂の持ってきた生大根の小糠漬けを見た痩せたおばあさんは、しばしじっと目の前の容器を眺めてのち、おもむろにやせ細った手をスプーンに伸ばした。スプーンを手に取ったこと自体が、数週間ぶりであった。

まず沢庵を食べ、それから少しずつ粥をすするようになり、最近では豆腐や味噌汁《みそしる》といった副菜も口に運ぶようになっている。ときおり誤嚥と思われる絡むような咳《せき》が見られるのが唯一の心配事だが、桂に報告すると、

「咳が出るだけの反射が残っているのなら、なんとか食べられるようになるかもしれませんね。期待しましょう」

素直に嬉しそうな笑顔を浮かべる青年の姿は、医者というより花屋のイメージの方がよほど似合う、と美琴は笑いを嚙み殺してしまう。もう少しどっしり構えてくれた方が心強いのにと思う反面、これはこれで悪くないと感じる美琴の心情には、やはりずいぶんと私情が混じっている。

美琴は病院裏手の駐車場を、花壇の方に向かってゆっくりと車椅子を押していく。生垣沿いに整

備された花壇は、薄紅色の花に染められて、艶《あで》やかな秋の装いだ。

そんな心地よい陽射しの中を歩みながら、美琴の頭の中を「主任」という二字がふらふらと低徊している。できるだろうか、という問いは、ここ数日何十回となく繰り返しているが、無論答えなど出るはずもない。

まとまらない問答を抱えたまま美琴は、満開の花に埋もれた花壇まで来て、車椅子を止めた。

一面を染める可憐《かれん》な花が秋海棠だと気付いたのは、つい先日のことであった。別の患者さんを車椅子に乗せてきた時だ。

美女の涙が変じたというその花は、今、見事なまでに盛りを迎えている。少しうつむき加減の断腸花は、秋風の下でゆったりと考えを巡らすように首をふり、またじっと沈思する。その姿が今の自分に重なるようで、なんとなくここ数日、美琴の足はこの場所へと向いてしまうのだ。

「医者を動かす看護師、か……」

そっとついたため息に重なるように、遠くからサイレンの音が近づいてきた。本日何台目の救急車なのか。今日も救急部は盛況のようだ。

何気なく外来棟の方へ目を向けると、病棟からの渡り廊下を足早に通り過ぎていく桂の姿が見えた。遠目に見ても、あいかわらずのくたびれた様子がよくわかる。

なぜともなく、美琴は小さく苦笑していた。

できるかどうかはわからない……。

わからないなら、やってみるしかないのだろう。大滝主任や島崎師長のようになれるとは思わない。けれども楽をしたくて看護師になったわけでないことは確かだ。

美琴は肩の力を抜くように大きく息を吐いた。

やろう。

自分にできることを。

車椅子のハンドルをぎゅっと握って、美琴は抜けるような青空を見上げた。

「とりあえず、今度コーヒーでも淹れてみるかな……」

笑みを含んだその呟きは、たちまち空の彼方に溶け去った。

「行くかね？」

新村さんの小さな声に、美琴は笑顔で頷き返し、やがてゆっくりと車椅子を押し始めた。

満開の秋海棠が美琴の背中を押すように、大きくひとつ揺れ動いた。

第二話

ダリア・ダイアリー

桂正太郎は、身じろぎもせず立ち尽くしていた。

研修医生活が始まってすでに半年、冷や汗を掻《か》くような事態も何度か経験していたが、こういう緊張感は初めてのことだった。

時間は深夜の一時、場所は内科病棟のスタッフステーションである。

廊下の照明はすべて夜間灯に切り替わり、ステーション内だけが皓々《こうこう》と白い光に包まれている。その片隅に立つ桂の前にゆったりと腰を下ろしているのは、指導医である循環器内科の谷崎《たにざき》だ。向かい合うように、先刻駆けつけてきたばかりの患者の家族が座っている。

「何度も申し上げたとおり、村田《むらた》さんは八十二歳という高齢です。このまま看取《みと》ってあげた方が、ご本人も楽だと思います」

谷崎の淡々とした声が、何やら不必要に大きく聞こえた。患者の妻に当たる老婦人とその娘の二人が、どちらからともなく顔を見合わせたが、すぐには声は出なかった。

「でも先生」とようやく震える声を発したのは、老婦人の方である。

「おじいさんが入院したのはほんの一週間前です。それまでは元気だったんです」

「よくあることだと思います」

谷崎のあまりに静かな返答に、桂はひやりと背筋が寒くなる。

「ついこの前まで元気だったからこれからも元気だ、と考える方が不自然でしょう。まして村田さんはもともと重症の心不全がありました。こういう事態は想定の範囲内です」

年老いた婦人の顔から血の気が失われていくのを見るに堪えかねて、桂は、すぐ傍らのモニターに視線を動かした。

隣の重症室にいる村田さんのバイタルを示したモニターだ。

収縮期血圧82、脈拍36、SpO_2 82パーセント……。

すべてが極めて危険な数値を示している。そばにいる看護師が気を遣ってアラームを消しているから静かだが、設定を戻せば、たちまちけたたましい電子音がステーション内に響き渡るに違いない。

「でもお父さんはすごく元気だったんですよ。急に看取るようにと言われても納得できません」

口を挟んできたのは、娘に当たる中年女性だ。

呆然《ぼうぜん》としている老婦人と異なり、こちらの女性は、語調に微妙なニュアンスが含まれている。父親の急変に対する、ささやかならざる不信の響きだ。

「もう少し何かできることはないんでしょうか？」

「医療は万能ではありません。点滴と酸素でこれまで通りの治療を続けて、それでだめなら看取るしかありません」

「でも先生は先ほど、抗生剤も昇圧剤も使わないとおっしゃいましたが、やればもう少しくらいがんばれるということですよね？」

「お若い方であれば選択肢にもなりますが、村田さんの場合は意味がありません」

あくまでも落ち着き払ったその口調は、この場合、どう考えても的確な話し方とは桂には思えなかった。けれども谷崎は、慰めやいたわりの言葉といったものを、まとめて医局のデスクにでも置き忘れてきたかのごとく、超然たる態度を微塵《みじん》も変えることがない。

「最近まで元気だったということは、苦しむ期間が少ないということです。ご本人にとっては幸せなことだと思います」

娘は、返す言葉も出てこないまま沈黙した。

後ろにいた看護師が、見かねたように歩み寄り、気遣いの言葉をかけている。声をかけつつ、ちらりと主治医へ走らせた視線には、少なからず険悪なものが含まれている。

もう少し別の言い方はできないのか。そんな訴えの視線だが、鉄のごとき指導医は眉《まゆ》一つ動かさない。

「最期の大事な時間です。そばにいてあげるのが良いと思いますよ」

口調も内容も穏やかであったが、それはつまり会話を打ち切るという合図でしかなかった。

老婦人は小さな肩を落としてうなだれ、やがて、看護師と娘の手を借りて立ち上がると、魂が抜けたような調子で、すぐ向かい側の夫のいる病室に吸い込まれていった。

再びもとの静寂に戻ったステーションの片隅で、バイタルサインを表示するモニターは、生真面目に赤い明滅を続けている。

ふいにカタカタと乾いた音が響いたのは、谷崎が説明内容を電子カルテに入力し始めたからだ。

いびつな沈黙の中、桂は恐る恐る口を開いた。

「あの、谷崎先生……」

「なんでしょうか、桂先生」

ゆっくりと椅子を回転させて振り返った指導医は、穏やかな微笑を浮かべていた。

「本当に、このままお看取りですか？」

「お看取りです。八十二歳の心不全患者ですよ。余計なことはしないのが私の方針です」

「ですが」と桂が食い下がったのは、なにか特別な信念があったからではない。せいぜいが、研修医ならではの怖いもの知らずの勇気ということであろう。

「もちろん僕も、人工呼吸器や透析が正しい選択だとは思いませんが、もう少し追加できる治療はあると思います。昇圧剤もそうですし、何よりも今は酸素さえ、マスクで3リットル流しているだけです。10リットルくらいまでは簡単に増やせるのに……」

「先生は一年目の研修医でしたか？」

唐突な質問に、桂は戸惑いがちにうなずいた。

「私が一年目だったころとは大違いですね。大変優秀で立派だ」

微笑とともに、軽く自分の顎《あご》に手を添えながら、

「おまけに度胸もある。二十年先輩の指導医に向かって、こんなにはっきり意見をするんですから」

どっと冷や汗の噴き出す桂を、谷崎は楽しそうに見守りながら、「冗談ですよ」と笑っているが、どこまで冗談かわかったものではない。

ただ、老練な上級医の浮薄な態度が、かえって若い研修医を刺激したことは確かであった。桂は胸の内の引っかかりを、遠慮の箍《たが》を外して吐き出した。

「患者さんの治療方針を決めるのは、患者さん本人か、それが難しい時は家族であるべきだと言い

ます。先生の説明では、少し強引過ぎるように感じるんです」

「なるほど、では仮にご家族が、人工呼吸器と人工透析と人工心肺を希望した場合はどうしますか。どこまでもご家族の希望に従って突き進むことが、模範的な医師の態度ということになりますか」

「それは……」

桂は言い淀《よど》んで、口をつぐんだ。

大きく踏み込んで突き出したはずの渾身《こんしん》の一撃は、あっさりかわされて、虚空を泳いだ形だ。指導医の論法はあまり真っ当なものではないが、そこには確かに微妙な問題が含まれている。そのことを直感したために、桂は容易に応じることができなかった。

言葉を失う研修医を、谷崎は笑顔で見守りつつ、

「まあ、議論はまた別の機会にしましょう。今は深夜の一時半です。おそらく村田さんが逝くのは明け方ごろ。そのあと仮眠をとっても八時には診療会議で九時からは外来が始まります。四十を過ぎると徹夜がひどく応《こた》えるものですから、今は休息を優先しませんか」

提案の形をとりながら、それは提案ではなかった。

その証拠に、谷崎は、返事も聞かずに立ち上がっていた。

「おやすみ、先生」

さらりと告げてステーションを出て行く指導医を、なかば呆然として桂は見送るしかない。

〝大変なところに来てしまった……〟

それが桂の率直な感想であった。

桂が、内科部長である三島の突然の呼び出しを受けたのは、梓川病院で研修をはじめて半年が過ぎた頃だ。七月から始まった消化器内科研修もまもなく三か月となり、晩夏の安曇野が日ごとに秋色に染まり始めた、九月下旬のことであった。

「十月からの研修の件で、君を呼んだ」

大きな部長机の向こうに、書類に埋もれるようにして小さな体軀《たいく》が見え隠れする。

消化器内科を回っている桂にとっては、現在の直接の指導医でもあるのだが、ただでさえ強面《こわもて》の三島は、内科部長として大きな机の向こうに座っていると、いつにもまして迫力がある。

「君の消化器内科研修は九月で終了になる」

桂はとりあえず姿勢を正した。

わかりきったことでも、三島の重々しい口調で告げられると、何か極めて重大な宣告を受けているような気になる。

「先生の希望は、引き続き内科の研修ということだったね」

「はい、将来は内科を希望していますので、できるだけたくさんの内科を見たいと思っています」

「内科部長としては、とても嬉《うれ》しい言葉だ」

にこりともせずそんなことを言った。

もっとも、〝できるだけたくさんの内科〟と言っても梓川病院にあるのは、消化器内科のほかは、呼吸器、腎臓《じんぞう》、循環器の、合わせて四科だけである。

「消化器内科は終了だから、他の三科から選ぶことになるわけだが……」

三島は手元の書類を見て眉を寄せながら、

「しかし実際は選択肢があるとは言い難い。呼吸器は、院長の遠藤先生の領域だが、さすがに院長は研修医の指導をしているほどの余裕はない。腎臓内科は君も知っての通り、君の同期の川上《かわかみ》先生が研修中だ」

「では循環器内科ということになりますね」

桂の問いに、しかし三島は口をつぐんで返答をしなかった。なんとなく逡巡《しゅんじゅん》の気配があるが、そうだとすればずいぶん珍しい事態だ。

「谷崎先生が、独特な先生であることは知っているかね？」

つかみどころのない問いである。

桂は首を傾げるしかない。

「もちろん谷崎先生は循環器内科二十年目のベテランで、たくさんの患者も抱えているから、研修の環境としては悪くはないはずだ」

果断と言われる『小さな巨人』が相変わらず妙な言い回しをしている。

「何か問題があるのですか？」

思わず問うた桂に対し、三島は手元の書類を睨《にら》みつけたまま、

「彼はもともと、当院で研修医を受け入れることに反対していた。こんな小さな病院で将来有望な若者の教育を中途半端に引き受けるべきではないとね」

「つまり谷崎先生の方が、研修医が来るのを断るということでしょうか？」

「そうではない。必要なら使ってもらってよいと、すでに確認済みだ」

何が言いたいのかよくわからない。歯切れの悪い会話である。

困惑したまま立っている桂を見て、三島はいつも以上に重々しい口調で、

「先ほども言ったように、谷崎先生は独特なドクターだ。君のような生真面目な青年を送り込むには、年長者として少なからず不安がある」

独特と言うならこの病院の医師はみな独特だ、と桂はなんとなく胸の内でつぶやいてみたのだが、その声がまるで直接聞こえたかのように、三島は目元をかすかにゆるめた。

「君はただ生真面目なだけでなく、存外に度胸が据わっている。こういう事柄も良い経験になるかもしれないね」

意味ありげなつぶやきとともに、三島は手元の書類にサインをした。

「困ったら、いつでも相談に来なさい」

そんな言葉に、桂はとりあえず深く一礼した。

もちろんこの時の桂に、後に起こる修羅場が予期できたはずもない。

三島が何を案じていたのか、循環器内科研修が始まってわずか数日で、桂は思い知らされるのである。


「リサーチ不足よ、桂先生」

爽《さわ》やかな声が、職員食堂に響いた。

そろそろ午後二時を過ぎようという頃合いの食堂は、それでもまだ食券やお盆を持ったスタッフ

たちが多く往来している。その片隅で、定番のA定食を食べながら、桂は華やかな笑みを浮かべた発言者を見返した。

「谷崎先生の評判なんて、有名でしょ。完全にリサーチ不足」

くるくるとフォークで器用にパスタを巻きながら言ったのは、看護師の月岡美琴である。

美琴は内科病棟の勤務であるから、この三か月間消化器内科で研修していた桂は何かと助けられることが多く、いつのまにかもっとも親しいスタッフのひとりとなっている。まだ三年目の看護師ながら、物怖《ものお》じしない性格で、フットワークも軽い。要するに桂の目から見れば、一年目研修医の自分などよりはるかに有能だ。

「谷崎先生の評判？」

唐揚げをかじりながら問う桂を、美琴はほとんど呆《あき》れ顔で眺めている。

「いくらかでも先に相談してくれれば、谷崎先生の下につくのは止めた方がいいって教えてあげたのにね」

「そんなに？」

驚く桂に、美琴は少し声を落として続ける。

「八十歳越えた患者は、全身状態にかかわらず、みんな看取りに持っていくって、有名な先生なのよ。もともと高齢の心不全患者さんが多いから、できることがあんまりないっていうのは本当だけど、それにしても点滴とか酸素でさえ最低限しか使わないで、どんどん看取っていくの。ついた綽《あだ》名《な》が『死神の谷崎』」

桂は思わず飲み込みかけた唐揚げを噴き出しそうになる。

「病院で死神はひどいよ」

「死神がひどいんじゃなくて、谷崎先生がひどいのよ。ご家族がもう少しなんとかしてほしいって言っても絶対に取り合わないで、〝意味がありません〟の一点張りなんだから。いつかトラブル起こすんじゃないかってみんな気をもんでるわ」

三島の微妙な反応の意味を今になって思い知らされた形だが、すでに遅い。深々と桂がため息をつくのを、美琴は気の毒そうに見返す。

「大丈夫？」

「大丈夫かどうかはわからないけど、とりあえずがんばるよ。どっちにしても一か月間の短い研修なんだから」

自分を励ますように、そんなことを答えたところで、ふいに別の声が降ってきた。

「あらあなたたち、院内で公然とデートなんて、度胸あるわね」

二人が同時に顔を上げると、立っていたのは病棟主任看護師の大滝である。美琴の直接の上司であるとともに、内科を回っている桂にとっても頼れる病棟の司令塔だ。

大滝は、空いてる？　と隣の席を示しつつ、返事も聞かずよっこらしょと腰をおろした。お盆の上には、「A定食、ご飯大盛り」がある。

「別にデートじゃありません。食堂の入り口で偶然一緒になっただけです」

抗議をする美琴を、大滝はにやにや笑いながら、

「デートでもないのに一緒に食事なんて、ますます度胸があるわね。男ってすぐ勘違いするから気をつけなさい。もっともそれが目的なら、作戦続行でかまわないけど」

「主任！」と頰を上気させて制止を試みる美琴だが、いかんせん器が違いすぎるのは、桂から見ても一目瞭然だ。大滝はどこ吹く風の悠揚たる態度で、すでにご飯を頰張り始めている。頰張ったままで、今度は桂へ視線を向けた。

「診療会議での雄姿、聞いたわよ、花屋さん」

にわかに矛先を向けられた桂は気まずい顔で、頭に手を当てた。

「相変わらず情報が早いですね」

「それが看護部の強みだもの」

笑う大滝に、「雄姿？」と怪訝《けげん》な顔をしたのは美琴の方だ。

「何かやったの？」

「やったってわけじゃないんだけど」

桂としては、自ら説明しにくい一件であった。

大滝は、顔を伏せる桂の肩をぽんぽんと叩《たた》きながら、

「〝研修医桂の反逆〟って、もう病院の上の方じゃ持ちきりよ」

事情の吞《の》み込めない美琴に、大滝は愉快そうに説明をくわえた。

今朝の診療会議での話だ。

診療会議は、二週間に一度院内の医師全員が集まる会議で、そのつど様々な議題が取り上げられるのだが、今朝、議論になったのは、見舞いの花束に関する問題であった。

「花束？」

「最近、都市部の大型病院だと患者へのお見舞いの花束を禁止している所が増えてるの。匂いとか

感染症とかいろんな問題があるらしいんだけど、実態はまだはっきりしていないわ。ただ面倒事が起こる前に、うちでも早めに対応しておこうって、院長の遠藤先生から提案があったわけ」

「いかにも〝事なかれ主義〟の院長先生ね」

美琴の返答もなかなか厳しいものだが、看護師たちの間では『事なかれの遠藤』というのがごく一般的な通り名になっている。

「なるほど、花屋育ちの桂先生としては黙っていられなかったわけだ」

「そーゆーこと」

議題はまことに何でもないことのように提案され、医師たちの反応も無関心そのものであったから、あっさり採択されかねない雰囲気であったが、桂にとっては聞き捨てならない話であった。そうして聞き捨てならないと思ったときには、挙手とともに立ち上がっていたのである。

何を話したか、今となってはあまり記憶は鮮明ではない。

ただ、花というものがどれほど人の心に癒《いや》しを与えるものであるか、それを安易に取り上げることは、軽挙に過ぎるのではないか、そういった内容を切々と説いたことだけは確かだ。

会議室が静まり返ったのは、無論一同が桂の熱弁に胸を打たれたからではない。いきなり会議室の隅から立ち上がって、院長の提案に全力で反論する一年目の研修医の姿に呆気《あっけ》にとられたというのが実情である。

結局議題そのものについては、引き続き検討ということで一旦《いったん》先送りとなって終了したのだが、病院上層部の間で、花屋育ちの研修医が一躍時の人となったことは確かであった。

「やらかしたわけね」

「徹夜明けだったんだよ」

呆れ顔の美琴に、桂は精一杯の言い訳を試みる。

「昨日の夜に急変した村田さんが明け方に亡くなって、ほとんど寝ていなかったんだ。やっぱり睡眠不足はダメだよ」

「睡眠不足はダメだけど、反論したこと自体はダメじゃないわ」

大盛りのご飯をおおかた平らげた大滝は少し口調を穏やかにして言う。

「意外に桂先生と同じ意見の人も少なくないのよ。『カシオペア』の和歌子《わかこ》さんなんて、ほとんど泣きそうになりながらあなたに感謝していたんだから」

『カシオペア』というのは、病院の正面玄関脇にあるフラワーショップの名前で、和歌子さんというのはそこの店長を務める五十代の女性である。病院玄関を通るたび、なんとなく店の前に立ち止まって花を眺めることが多かった桂は、少しずつ和歌子店長と言葉を交わすようになり、今では花の入荷量や時期について意見を求められることもあるくらい親しくなっている。

「和歌子さんが喜んでくれているなら、何よりです」

「そういうこと。だいたい上の決定がいつも正しいとは限らないでしょ。人に感謝されることをするって、それだけでとても意味があるんじゃないかしら」

大滝は流れるように話しながら、食事の速度も変わらない。しかも話す内容は、世間話の体を取りながら、桂に対する自然な気遣いを含んでいる。

できる主任というのはこういう人を言うのだろうと、どうでもいいことを考えているうちに、大滝が箸《はし》を置いた。

「さて、昼が終われば午後の仕事再開よ」

気が付けば、大滝の盆の上の皿も茶碗《ちゃわん》もことごとく空になっている。

「桂先生も徹夜明けなんだから、無理はしないでね。ま、弱音や愚痴は月岡に言えば、ない胸貸してくれるわよ。あ、これってセクハラになるんだっけ？」

「主任！」

美琴の抗議の声を笑顔で一蹴《いっしゅう》し、大滝は立ち上がった。

午後の業務の開始である。


医師という職業は、徹夜明けだからといって休みが用意されているわけではない。

医師免許をとって六か月が過ぎ、桂はその過酷さを痛感していた。

当直明けはもちろんのこと、夜間に患者が亡くなればお看取りのために呼び出され、それで睡眠不足になったからといって、代わりの休みが舞い降りてくるわけではない。

夜通し働いたまま朝が来れば、午前は外来、午後は病棟、夕方には谷崎との回診が待っている。その回診もようやく終えて、電子カルテに向き合うころには、時計の針は午後六時を回っていて、連続勤務三十六時間を越えているというわけだ。

ちなみに病棟の最後の仕事であるカルテの記載は研修医の役目である。桂は必死にキーボードを叩き続けるのだが、まだ関わって日の浅い患者たちのカルテであるから、普段以上に手間がかかって、時間だけはなお過ぎていく。

モニターを睨みつける桂のすぐ横で、さすがの谷崎も大きく長くあくびをした。

「あの……」

と桂は遠慮がちに指導医を顧みた。

谷崎は、両手を頭の上に組んだまま、軽く首を傾げて見せる。

「あと二人のカルテでおしまいですから、先生は先に帰っていただいて大丈夫です」

「おや、それはありがたい気遣いですね。先生のカルテ記載があまりに遅いから、指導医に対する嫌がらせをしているのかと思っていましたよ」

にこやかにひどいことを言う。

ぐっと言葉につまる桂を、谷崎は楽しげに見返しながら、「冗談ですよ」と笑っている。何となく谷崎の立ち回り方が見えてきているが、無論桂は一緒になって笑う気にはなれない。

「昨夜は結局ほとんど徹夜になりましたからね。先生もさすがにくたびれたでしょう」

村田さんが旅立ったのは朝の四時であるから、わずか半日前のことだが、もうずいぶん前のことのような気がしている。

「村田さんの奥さん……、泣いていらっしゃいましたね」

ふとこぼした桂の声に、谷崎はわずかに目を細めた。

「娘さんもとても残念そうでした」

「まあ、残念でしょうね」

「酸素の増量、昇圧剤の使用、ほかにもできることはあったように思います。本当にあれで良かったのでしょうか」

質問のような、独り言のような桂の言葉に、谷崎はすぐには答えなかった。

沈黙のまま、スタッフステーション全体を見回すように、椅子をゆっくりと回転させていく。

夕食の時間に入った病棟は、日勤と夜勤の看護師たちが入り乱れて相応に多忙である。その日の記録を端末に入力している者、食事介助やラウンドに出て行く者、明日の点滴や投薬の準備に追われている者。ときどき不必要に陽気なメロディでナースコールが鳴り渡ると、担当の看護師はため息交じりに作業を中断して出て行く。

夜の病棟は大学病院も梓川病院もさして変わらない。

「この病棟の中にも、あなたと同じ意見の看護師がたくさんいると思いますよ」

谷崎は椅子を一回転させて、桂の正面に戻ってきた。

「それを黙殺して我が道を進んでいるから、私は評判が悪い。先生の耳にだって、噂のひとつや二つは入っているでしょう。『死神の谷崎』のね」

桂は答えられない。答えられないことがこの場合は肯定を意味してしまうことがわかっていても、答えようがない。

ゆえにやや強引に話を進めた。

「たしかに八十二歳のお年寄りに、人工呼吸器をつけるのは、僕も行き過ぎだと思います。けど酸素を増やすくらいは、患者にとっては苦痛もない処置ですし、点滴をしぼらずにもう少し続けていれば……」

「私は死神ですよ。そんなにがんばって助けてどうするんですか」

桂はさすがに絶句したが、すぐに谷崎は笑顔のまま決まり文句を付け加えた。

「冗談ですよ」

「冗談で言っていいことと悪いことがあると思います」

いくらか上ずった桂の反論に、さすがに指導医は微笑のまま沈黙した。

そのまま谷崎は、足を組みつつ、病棟の廊下の方へ視線を投げかけた。

丁度エレベーターが開いて、黒い服に身を包んだ二人組の男性が、白いストレッチャーを押して出てきた。ステーションの前で看護師と短く言葉を交わし、病棟の奥へと通り過ぎていく。患者さんが誰か亡くなったのであろう。

これもまた病院の有り触れた光景のひとつだ。

「あなたの言うことは正論です」

谷崎はデイルームを見つめたまま、ごく穏やかに口を開いた。

「けれども正論だけではうまくいかないことが世の中にはたくさんある。特に医療の領域はね。理想と正論ばかりが溢《あふ》れて、誰も現実を見ようとしない」

「どういう意味でしょうか？」

「私が医者になったころはね、医療というものは、どんな患者にも全力を尽くすことが当たり前でした。人の命は地球より重い、そんなご立派なスローガンを掲げて、誰もが脇目も振らず疾走していたんです。でももうそういう時代ではないんですよ」

谷崎は微笑を浮かべたまま、ゆっくりと首を左右に振る。

「我々はもう、溢れかえった高齢者たちを支えきれなくなっている。人的にも経済的にもね。二十年前と同じことを続けていれば、医療という大樹は、やがて根腐れを起こして倒れてしまうでしょう。倒れた大樹の下敷きになるのは、今懸命に高齢者を支えている若者たちです。彼ら次の世代の医療を守るためにも、枝葉を切り捨てていかなければいけない時代だ」

想像もしなかった言葉に、桂は呆然として指導医に目を向けた。

それを見返す谷崎の瞳《ひとみ》は、感情の読めない凪《なぎ》のような静けさを湛《たた》えていた。口元には相変わらず笑みがあるが、それもまた桂の知らない森閑とした空気に包まれていた。

我に返った桂が、思わず辺りを見回したのは、他人に聞かれるべき話ではないと思ったからだ。

幸いステーションの片隅で相対している二人の医師にわざわざ注意を払うほど、暇な看護師もいない。

「すごく……危険なことを言っているように思います」

「そうですね。こういう余計なことを話してしまうから、研修医を引き受けるのは嫌だったんですよ」

谷崎の表情は微塵も変化しない。

どこまでも穏やかな微笑。

遠目には、指導医が研修医を優しく諭しているだけにしか見えないに違いない。

さて、と谷崎は落ち着いた物腰で立ち上がった。

「どうも睡眠不足だとしゃべりすぎてしまうようですね。年寄りの寝言です。忘れてください」

気軽に告げて、谷崎はステーションを出て行った。

椅子に座り込んだまま、桂は身じろぎもせず見送るばかりだ。

なおしばらく絶句したまま座り込んでいるうちに、脳裏になんの前触れもなく月岡美琴の笑顔が降ってきて、おおいに桂は当惑した。

点滴を片手に、手際よくラウンドをしたり、車椅子の患者に笑顔で話しかけている美琴の姿が脈絡もなく再生される。

「疲れてるんだな……」

桂の小さなつぶやきに、通りすがりの看護師が怪訝そうな目を向けたが、そのまま足早に通り過ぎていった。


桂は朝が苦手である。

学生時代からのことで、朝九時の講義に出るのもやっとであったから、ほとんど遅刻の常習犯だったのだが、医者になるとそんなことも言っていられない。

朝八時にはカンファレンスが始まるが、その前に病棟回診を終わらせておくためには、七時半には病院に到着することが必要だ。逆算していくと、朝七時十五分にはアパートを出発することになる。

アパート自体は病院の宿舎であるから、徒歩十五分でたどり着ける好位置にあるのだが、気温の下がってくるこの時季には、そのわずかな距離をも車で通う職員が多い。しかし桂は基本的には徒歩で通い続けている。

格別の哲学があるわけではなく、アパートから病院まで、ゆるやかな斜面を横切る水路沿いの歩道が気に入っているという単純な理由からだ。

舗装もされていない小道は、季節によって驚くほどその景色を変える。

初めて歩いた春は、野花の咲き乱れる色鮮やかな道だった。松本盆地の中でも若干標高が高く気温の低い病院周辺は、桜の盛りがゴールデンウイークの最中で、追いかけるように咲く山吹《やまぶき》や連翹《れんぎょう》の黄と交じって実ににぎやかであった。

初夏には、木々が青々と生い茂り、山法師《やまぼうし》の大木がひときわ鮮やかな白い総苞《そうほう》を光らせる。道端には誰が世話をしているのか、色とりどりの菖蒲《あやめ》の花が開花して、まことに見応えのある野道となる。

秋口に入るとにわかに景色は色を失っていくのだが、いくらか小高い場所にある小道からは秋桜《コスモス》畑の広がった安曇野を望むことができ、振り仰げば山々が青と赤と黄の紅葉でにぎわって、最後の色彩を楽しませてくれる。

まったく桂にとっては、早朝のこの出勤時間がもっとも楽しい時間でもあるのだ。

あるとき何かの拍子にそんな話を美琴にすると、

「実家に花が山ほどあるのに、まだ見飽きないの？」

そんな風に笑われたものであった。

なんの機会にそんな話をしたのだったかと記憶を探りながら病院に着いた桂は、正面玄関脇のフラワーショップの店先に、当の美琴本人を見つけて足を止めていた。

『カシオペア』の看板の下、私服姿で和歌子店長と話し込んでいる。

桂が声をかけ損ねたのは、黒のハイネックにグレーのロングパンツという見慣れない大人びた雰囲気に気後れを感じたからだ。看護師姿以外を目にする機会は一度も無かったのである。

黙って通り過ぎるべきかと迷っているうちに、美琴の方が気づいて先に手を振ってきた。

「ちょうど良かったわ、桂先生」

「良かった？」

「相談があるのよ。お見舞いの花の件。ちょうど和歌子さんと相談していたの」

生き生きとした笑顔に引き寄せられるように桂は歩み寄る。

エプロン姿の和歌子店長は、桂に気づくとまるで待ちわびた孫の顔でも見つけたように嬉しそうな顔で口を開いた。

「桂先生、ありがとうね。お花の件、禁止しようとしている院長先生と闘ってくれているって聞いたわ」

闘っている、というほどのことは何もしていない。ひどく話が大きくなっているのではないかと桂は慌てたが、先方はお構いなしだ。

「私だってね、先生。何年も病院で花屋をやっているんです。別に、お店の経営とかそんなことじゃなくて、ただ心細くて辛《つら》い思いをしている患者さんたちから花を取り上げるなんて、あんまりひどいと思いますよ。でも偉い先生たちは誰もそんな問題に興味を持ってくださらなくて、このままダメになっちゃうのかと思っていて……」

ほとんど泣き出しそうな顔である。

五十代もなかばという話だが、口早に花の話をする姿には無邪気な活力と朗らかさがあり、一見年齢不詳といった感が漂っている。

それにしてもこの場合、自分は「偉くない先生」ということになるのだろうかと、どうでもいいことを考えつつ、桂は口を開いた。

「自分なりの意見は言ったつもりですが、病院の方向性が決まっているなら、一年目の僕の意見で何か変わるものでもないと思いますよ」

「いいんですよ。一矢報いてやれればそれで私は満足」

「一矢？」

「そこで相談」と美琴が横から口を挟んだ。

意味ありげな笑みを浮かべて続ける。

「和歌子さんと色々考えたんだけど、このまま生花が禁止されるくらいなら、その前にあちこち病院の中を飾ってみようかって話をしていたの」

「病院の中を？」

「そうよ。だって正面受付とか、スタッフステーションのカウンターって結構花が飾ってあるけど、あんまり手入れが行き届いていないから、かえって冴《さ》えない感じでしょ。いっそ綺麗《きれい》に私たちで世話してみて、それで花がいいって思う人が増えれば形勢逆転になるかもしれないじゃない」

ずいぶん乱暴な発想に聞こえるが、一途《いちず》な店長と二人してすっかりその気になっているらしく、「花はここから持って行ってもらっていいからね」などと大変な勢いだ。

桂も、病院の外来や受付で、古くなった花瓶や枯れかけた花が目に入り、何度か勝手に花瓶の水を替えたりしたこともある。だから花の手入れに力を入れることには賛成だが、さりとてそういう行動を起こしたからといって、病院の方針が変わるともなかなか思えない。

桂としては言葉を選んで答えるしかない。

「アイデアとしては悪くはないと思うけど、僕にできることはないかもしれない。なんといっても、循環器の研修が始まってまだ二週間で、谷崎先生についていくのがやっとの状態だから」

「細かいことはいいのよ。全部私と和歌子さんでやるんだから。ただアドバイスが欲しいの」

「アドバイス？」

「ずばりこの時季、一番映える花は何？」

いきなり直球の質問である。

たじたじとなりつつ、それでも『カシオペア』の店先に目を向けてしまうのは、桂の性分というものであろう。しかしそのタイミングでいきなり携帯電話が鳴り響いて、会話の流れを中断した。

慌てて出ると聞こえてきたのは、指導医の穏やかな声だ。

「はい、すいません、院内にはいますので、すぐ行けます」

携帯を切った桂の顔を見て、美琴がため息をつく。

「急変ね？」

うなずきつつ、再び店先に目を向けた桂は、一瞬考えてから口を開いた。

「ダリアがいいと思う」

「ダリア？」

「基本的には通年の花で、夏がひときわ目立つけど、花びらに張りが出て色が一番鮮やかになるのが今の時季なんだ。色は豊富だけれど、匂いはあまり出ないから、院内に飾るには一番いいと思うよ」

矢継ぎ早の返答に、美琴は目を丸くしている。

「本当に花屋さんなのね……」

そんな当たり前の応答に桂は苦笑しつつ、フラワーショップに背を向けた。

「今度ランチおごるわ、がんばってね」

美琴の唐突な誘いに、桂が冷静にうなずくことができたのは、頭の中がすでに医師に切り替わっていたからである。


棚川敦子《たなかわあつこ》、八十歳、認知症のために長らく施設に入所していたが、慢性心房細動に伴う心不全で、二週間前に入院。

利尿剤による治療を試みていたが胸水が増悪し、呼吸状態が悪化。今朝になって意識レベルが低下して、呼びかけに反応がないため主治医コール。

それが急変患者の概要である。

桂が病室に駆けつけたときには、すでに三人の看護師とともに谷崎の姿もあった。

「いやはや、今日も朝から死神は盛況ですよ」

谷崎の、どう考えても不謹慎なつぶやきに、看護師たちが棘《とげ》のある目を向けている。

桂は敢《あ》えて「お疲れ様です」などとどうでもよい声をあげて際どい空気を押し返しつつ、患者のそばに駆け寄った。

ベッド上には小柄なおばあさんが、見るからにぐったりとした様子で仰臥《ぎようが》している。呼吸は不規則で弱々しく、時に鈍い痰《たん》がらみの音がしたかと思うと、ほとんど止まっているのではないかと思うほど静かになるときもある。

看護師のひとりが、検温表を持って歩み寄ってきた。

「昨夜までは特に変わりはありませんでした。昨日もご自分で夕食を召し上がっていたのですが、ついさっき朝食時間のラウンド時に、反応が悪いことに気づきました。SpO_2も低下傾向で、カヌラ2リットルで投与していた酸素を、マスクで5リットルまで増量したところです」

うなずきつつも、桂は型どおりの診察を進める。

眼瞼《がんけん》結膜、頸部《けいぶ》リンパ節をチェックし、胸部を聴診、腹部から下肢にかけて触診しながら、所見をまとめていく。

「両側肺に湿性ラ音があり、下肢の浮腫《ふしゅ》も増悪しています。昨日の昼から尿量も減っているようで、心不全の増悪と考えます」

顧みた指導医は、部屋の隅に悠々と立ったまま研修医を眺めている。

「おそらく心機能が低下したことで胸水が溜《た》まって、呼吸状態も悪化し、レベルが低下しているのだと……」

「君はやっぱり、優秀な研修医ですよ」

谷崎が場違いな笑顔でうなずいた途端に、非難するかのごとく警告アラームが響いた。

「SpO_2 82パーセントです」

看護師のいくらか上ずった声が病室に響く。見ている間にも呼吸状態はゆっくりと、しかし確実に悪化傾向だ。慌てて桂がベッドサイドの酸素流量計に手を伸ばしながら、

「酸素を増やします。7リットルに……」

「不要ですよ、桂先生」

冷ややかな声が遮った。

いくらか慌て気味だった病室の空気が、にわかに凍り付いたように凝固した。

谷崎は白衣のポケットに手を突っ込んだまま、静かにベッドの患者を見つめて告げる。

「この状態では救命は無理でしょう。酸素は増量せず、現在の5リットルで固定。点滴もラインキープのみを目的に時間20ミリリットル程度まで下げなさい。予定の抗生剤も中止です」

「谷崎先生……」

桂はそれ以上の言葉が出てこない。

もちろん周りの看護師たちも納得しがたい顔をしているが、当の主治医は意に介さない。静かに患者に歩み寄ると、丁寧に全身の診察をして、顔を上げた。

「長くはないでしょう。家族を呼んでください」

静まり返った病室に、返事をする者はいない。

「聞こえないようなら、もう一度言いましょうか？」

さらに冷たさを増したその声で、ようやく看護師たちは動き出した。

ばたばたと病室内の空気が慌ただしくなる中で、桂は動揺と混乱とその他の複雑な感情が入り乱れたまま、指導医を見返すだけだ。

「先生、本当にこのまま何も処置しないんですか？」

「しませんよ。これで終了です」

「終了って……」

「もともと施設に入っていた重度の認知症患者です。闇雲に治療をして仮に命を取り留めたとしても、また施設に戻されるだけでしょう。潮時ですよ」

「でもさすがにそんな対応ではご家族も……」

「家族に細かいことを説明する必要はありません。一般的な治療は行った。けれども効果がなく救命できなかった。だから看取った。それで十分です」

あらゆる反論を駆逐する冷然たる声であった。

「しかし」と桂はようやく震える声を出した。

「やはり何かが、おかしいと思います」

「具体的にどうぞ」

指導医は聴診器を首にかけながら、促すように右手を開く。

「酸素5リットルを上限にして、点滴は外液一本のみ、利尿剤さえ増やさない。これが正しい治療でしょうか」

「未熟な質問ですね」

さらりと指導医は応じる。

「正しい治療などというものは世の中には存在しません。正義は常に主観と偏見の産物なのですから」

もはや議論の余地のない応答であった。

二十二分後に病棟に到着した棚川さんの家族は、かろうじて間に合った。何の誇張もなく「かろうじて」という状態で、息子夫婦の到着時間と死亡時間の間にはわずか二分の差があっただけであった。

八十歳という年齢に余力などというものはまったくなかったようで、その旅立ちはあっけないほどに早かったのだ。

いまだ状況を飲み込み切れていない息子夫婦に対しては、谷崎の指示のもと桂が病状説明を行った。あらかじめ言われたとおり、一般的な治療を行って、効果がなかったから看取ったのだと。

五十を過ぎた息子は、さほどの動揺は見せなかったが、それでも急な経過に驚きは隠せないようであった。無念そうなその表情に、桂は息苦しくなるような圧迫感を覚えるばかりであった。

「谷崎先生」

桂が行き場のない感情を押し殺すように声を吐き出したのは、すでに病院全体が一日の業務を開始した朝九時前である。

桂は棚川さんの電子カルテを見つめたまま、すぐ背後に座っていた指導医に向かってささくれた声を投げかけていた。

「やはり、納得できないことがあります」

背後でゆっくりと足を組む気配を感じながら、桂は続けた。

「どうしても納得できないんです。先生が先日おっしゃった理屈はわかります。けれども現場の医師の判断で〝枝葉を切り捨てる〟医療をするなんて、普通じゃありません」

再び桂が投げかけても、今日の谷崎はなお沈黙のままであった。

ぱたぱたと廊下を看護師が足早に過ぎていく。おはようございます、という声は病棟にレントゲンを撮りに来た技師のものだ。

明るい陽射しのもと動き始めた病棟は、毎日毎日繰り返されてきた変わらぬ景色を、今日も飽きることなく再生している。

デイルームでぼろぼろとご飯をこぼしながら食べているおじいさん。車椅子に乗ったまま、ぶらさがった点滴ルートをいじっているおばあさん。ステーションから見える病室の中には、寝たきりで天井を見上げたまま身動きひとつしないお年寄りがおり、その人を世話しているのもすっかり腰の曲がったお年寄りだ。

シチューの入った皿が床に落ちる音、看護師の小さな悲鳴、鳴りやまないナースコールと、どこからか聞こえてくるひどく痰のからんだ耳障りな咳《せき》……。

「もう十年以上も前の話なんですがね」

唐突に、谷崎の声が聞こえた。

桂はそっと指導医を振り返ったが、当の谷崎は視線を電子カルテに投げかけたままで身じろぎもしない。

「私がある病院で当直をしていたときの話です。ひとりの若い女性が、ショック状態で救急外来に運ばれてきたことがありました」

前置きもなしに突然語られる話に、桂は声も出さずに耳を傾ける。

「精査の結果、診断は子宮外妊娠による卵管破裂。すでに腹腔《ふくくう》内にかなりの出血があり、血圧も低下傾向であるため、すぐに婦人科医が駆けつけてくれたんですが、ここでひとつ大きな問題が生じたんです」

谷崎は、足を組み、腕も組んだままいつもの淡々とした口調で告げた。

「患者の血液型がＢ型のＲｈ（－）だったんです」

「……かなり珍しい血液型です」

「そう、一般的には日本人の千人に一人の血液型。しかし患者は、大量出血をきたしていて輸血が必要です。すぐに取り寄せなければいけない」

「珍しい血液型ですが、血液センターであれば、それも加味して用意されているはずです」

「ありました。それなりに確保はされていたんです。その患者さんが来る数日前まではね」

含みのある言葉に、桂は黙って指導医を見返す。

谷崎は、またひとしきり考え込むように沈黙し、それから語を継いだ。

「ちょうどその三日ほど前、県内の別の病院で大きな心臓血管外科の手術があったんです。その患者の血液型も同じＢ型のＲｈ（－）だったことから、センターにある同型の血液製剤がわずかの量を残してすべて使われてしまっていたんです。おかげでただちに準備できた量はわずか2単位」

最低量ということである。手術前に用意する量としては、まったく足りないことくらいは研修医の桂にもわかる。

「婦人科医は緊急手術をしぶりました。すでにショック状態である以上、輸血なしでは進められないと。必死になって輸血製剤を探して、ようやく十分な量が見つかったのは、埼玉県の血液センターです。夜間でヘリは飛ばせない。大至急サイレンで搬送してもらって、到着したのは四時間後」

「患者さんは……？」

「死んでいました」

谷崎の声はわずかも揺れていない。どこまでも平坦《へいたん》であることがむしろ不自然なくらいに静かだ。

ふいに明るい笑い声が聞こえてきたのは、デイルームのテレビからである。お笑い芸人がさかんに大声で何かを叫び、画面の中は笑いに溢れている。しかしテレビを取り囲んでいるお年寄りたちは、誰一人笑っていない。

「八十歳のおじいさんの弁膜症を治療したために、二十二歳の女性が死亡したわけです」

「それはでも……」

「もちろん誰が悪いわけでもありません。それくらいは私もわかっています。でもね」

谷崎はそっと目を細めた。

「何かが間違っているとは思いませんか」

そのまま細めた目を桂に向ける。

「これはね、氷山の一角なんです。目に見えないところで似たようなことがたくさん起こっている。繰り返す高齢者の肺炎に延々と抗生剤が使われることで発生する危険な多剤耐性菌は、明らかに次の世代の医療にとって脅威となりつつある。もっと身近な例が聞きたいなら、大量の寝たきり患者を抱えて過労死した若い医者の話をしましょうか。この国はもう、かつての夢のような医療大国ではないんです。山のような高齢者の重みに耐えかねて悲鳴を上げている、倒壊寸前の陋屋《ろうおく》です。倒れないためには、限られた医療資源を的確に効率よく配分しなければいけない。そのためには切り捨てなければいけない領域がある」

ふいに机の上に置かれていた院内ＰＨＳが鳴り響いた。

谷崎のそのＰＨＳの画面には「外来」と表示されている。ふと気がつけば、時計はすでに九時を回っている。外来診療が始まる時間なのだ。

谷崎はゆっくりと手を伸ばすと、ＰＨＳの保留ボタンを押した。

「私はね、この梓川病院で研修医を受け入れることには最初から強く反対していたんです」

沈黙したＰＨＳを白衣のポケットに仕舞いながら、急にそんなことを言う。

「理由は簡単です。若い医者が、見るべき医療ではないからです。田舎の小さな病院の老人医療のなれの果て、そんなものは我々のような年寄りの医者がやればいい。若いうちは希望に溢れた現場を見なければいけない」

小さくため息をついて、谷崎は桂に視線を戻した。

「なのに、あなたは来てしまった。よくないですよ、こういうことは」

桂に答える言葉のあろうはずもなかった。

いつもの落ち着き払った動作で立ち上がる指導医を目で追いつつ、なんとか吐き出した言葉は、ずいぶん頼りないものであった。

「話をすり替えないでください、先生」

谷崎はいつもの微笑で軽く肩をすくめると、では外来です、と告げてスタッフステーションを出て行った。

桂はしばらく身じろぎもせず、指導医の消えていった病棟の階段を見つめていた。

午前中の予定は、谷崎の外来見学である。そのままついて行かなければいけないが、すぐには立ち上がれなかった。

この病院に一人しかいない循環器内科医の外来の大変さは、桂もすでにこの二週間のうちに十分に味わっている。

三十分に五人の予約で延々と午後まで続くその外来は、地獄の谷崎外来として、院内でも有名なのだ。ひたすら山のように押し寄せてくる高齢の心不全患者たちを相手に、谷崎は黙々と対応する。

その果てのない作業は、午後二時を回るころから気が遠くなってくるような心地がするのだが、見学者の桂は、それでも、なんとなくトイレに立ったり、病棟からの呼び出しに応じて外来を離れることができる。しかし、谷崎はまるで椅子に根が生えたかのように動かない。いつ見ても、まったく同じペースと穏やかな態度で患者に接し続けているのである。

診察はけして杜撰《ずさん》ではない。むしろすべての患者に、等分の診察と説明と投薬と安心とを可能な限り与え続けているように見える。

今日もそうして夕方まで外来を回していくのであろう。

桂には、谷崎という人間がますますわからなくなっていくばかりだ。

再びテレビから笑い声が聞こえて、桂は顔を動かした。

やはりデイルームのお年寄りたちは、誰一人笑ってはいなかった。

「ずいぶん死神が暴れているようだね」

深夜の医局に三島の低い声が響いた。

新聞や雑誌や、食べかけのカップ麺《めん》で散らかった大きな机。それを取り囲む三つの古びたソファと、不必要に巨大な液晶テレビが配置され、やたらと高画質なモニターからは、昼間にどこかで行われたサッカーの試合がとりとめもなく垂れ流されている。ときどき相槌《あいづち》を打つように蛍光灯が瞬《またた》くことも含めて、ごく一般的な地方病院の医局の風景だ。

その冴えない景色の中で、桂はインスタントのご飯を温め、梅干を載せ、沸かした湯でほうじ茶を淹《い》れて、お茶漬けの準備を進めている。

当直の日の夜食として、谷崎が教えてくれた手順だが、いつのまにかずいぶん手際が良くなっていた。

三島はいたずらに鋭い眼光をお茶漬けに向けながら口を開いた。

「今週に入ってまた一段と死神が活躍していると、病棟から聞いている」

「月曜日から今日の金曜日までに三人看取りました。谷崎先生の入院患者さんはもともと高齢の方が多いですから」

桂の言い訳めいた応答に、三島は格別表情を変えない。

そのまま視線を巡らして壁のカレンダーを眺めやった。

「循環器内科ももう四週目か、どうやら予定の一か月を無事切り抜けそうだね」

言われて桂も気がついた。

十月一日からスタートした循環器内科研修も、いつのまにか終わりに近づきつつある。桂としては、まったく別世界の谷崎式診療に、ひたすら必死でついてきただけであるから、時間の流れとしてはほとんど実感がない。

「その様子では、いろいろと難題を突きつけられているようだね」

桂は黙ってうなずくしかない。

三島は、再びテレビに視線を戻しつつ続けた。

「彼は確かに、一般的なものの考え方からかなり離れた場所に立っているように見える。けれど、彼のような考え方をする医師は、実はけして少数派ではないということは知っておきなさい」

低い声が、重々しく響いた。

「谷崎君のように旗幟《きし》を鮮明にしている医師はそうはいない。けれどもこういう田舎の小さな病院の多くの医師たちが、今の高齢者医療について少しずつ疑念を持ちつつある。増え続ける大量の高齢者たちにこれだけの医療体制を維持し続けることは、次の世代に巨大な負債を残すことになる。本当にそれで良いのかとね」

ふいにテレビから歓声があがって会話が途切れた。右サイドから放たれたコーナーキックが際どい角度でゴールポストに弾《はじ》かれたのだ。地元の緑のユニフォームを着た選手がフィールド上で、悔しそうに拳《こぶし》を握りしめている。

しかし桂の目に映っているのは、再び走り出した選手でもなければ、大声で指示を飛ばしている監督でもない。内科の病棟を埋め尽くしているたくさんの高齢者たちの姿だ。たしかに亡くなる患者は多い。けれど亡くならなかった患者でも、家族に連れられて自宅に帰る人はけして多くはない。大半がもともといた老健や特養といった施設に戻っていき、また熱を出すと病院にやってくる。

「人が生きるとはどういうことなのか。歩けることが大事なのか、寝たきりでも会話さえできれば満足なのか、会話もできなくても心臓さえ動いていれば良いのか。こういった問いに、正解があるわけではない。しかし正解のないこの問題に、向き合うことはぜひとも必要だ。けれども今の社会は、死や病を日常から完全に切り離し、病院や施設に投げ込んで、考えることそのものを放棄している。谷崎君はある意味で、投げ捨てられてしまったその問題を、ひとりで正面から受け止めているのだよ」

再び派手な歓声が沸き起こり、三島が口をつぐんだ。

今度こそ、緑のユニフォームのシュートが相手チームのゴールネットに突き刺さったのだ。ゴールを決めた選手がフィールドを駆け抜け、スタンドのファンが見事なウェーブで応えている。

「いけないね」

ふいに三島が語調を変えてつぶやいた。

「早く食べないと冷めてしまうよ」

その言葉で桂は、夢から覚めたように我に返った。手元を見れば、茶碗の中で水分を吸った白米がすっかり丸く膨らんでいる。

「当直だったね。時間があるうちに食べておきなさい」

「谷崎先生にも同じことを言われたばかりです」

「そうか、当直の上級医も今夜は彼か。よくよく桂先生は彼と縁があるようだね」

「先生こそ、こんな時間までどうしたんですか？」

問われた三島は、卓上の湯飲みに手を伸ばしながら言う。

「受け持ちの胆管癌の患者さんが高熱を出していてね。緊急内視鏡をやるべきか否か、血液検査の結果を待っているところだ。胆管炎ならこれからＥＲＣＰになる」

愛想のかけらもない『小さな巨人』のそういう実直な医療が、今の桂には懐かしささえ伴って思い出される。三島の下で研修をしていたのは、ほんの一か月前だというのに、今ではずいぶん昔のことのようだ。

三島は茶をすすってから、また語を継いだ。

「何が正しいかは誰にもわからない。大切なことは、できるだけ色々な考え方に触れて、自分の哲学を鍛えるということだ。そのために君を循環器に送り込んだようなものなのだからね」

深い言葉であった。

桂は大きくうなずく。

「谷崎先生にだって、哲学があるわけですものね」

「当然だ。考えもなくああいう医療をやっているなら、とうにクビにしていることだろう」

思わぬ返答に桂が苦笑したところで、再び大きな歓声が聞こえた。

今度は相手チームの鋭いカウンターが、緑のユニフォームのディフェンスを突破して一気に反撃に出たのだ。

「お、山雅《やまが》は大丈夫か、押されているんじゃないかね」

いきなり降ってきた声に、桂と三島は同時に振り返った。

戸口に立っていたのは、壮年の背の高い男性である。

ロマンスグレーの髪と穏やかな微笑がいかにも紳士然たるその人物は、梓川病院の院長遠藤だ。

『事なかれの遠藤』などという陰口もあるが、地位と能力と容姿の三拍子そろったこの人物には、患者や看護師のファンも多い。なにより、曲者《くせもの》ぞろいの梓川病院を大きな波乱もなくまとめあげ、『事なかれ』を維持してきた手腕は尋常ではないという話は、桂も耳にしたことのある噂だ。

そんな院長は、いつもは糊《のり》のきいた白衣姿だが、今夜はネクタイを締めたスーツ姿で隙なく決めている。

慌てて立ち上がりかけた桂を、院長は悠々と右手で制しつつ、

「我らが松本《まつもと》山雅は、今年もＪ１を維持してくれそうかな」

そんなことを言いながら、医局の冷蔵庫からジンジャーエールを取り出している。

「どうしたんですか、院長。こんな時間に」

「ちょっと信濃大学の内科の医局までお百度を踏んで来たんだよ。各科の教授にこの半白の頭を下げてきた」

「ご苦労様です」

三島は、いくらか丁寧すぎるほど頭を下げた。

梓川病院のような田舎の小病院は慢性的な医師不足に苦しんでいる。大学医局に頭を下げてひとりでも多くの医師を派遣してもらえるようにお願いするのは、地方病院の院長の宿命的課題と言ってよい。

「手ごたえはありましたか？」

「ダメだね。どこもかしこも人手不足の一点張り。まあ続けるしかないだろうけど」

空いているソファに腰を下ろしながら、院長はぐるりと首を回して肩周りをほぐしている。

「内科医の不足は致命的な状態だからね。なんとかしないと、あのクレームの多い谷崎君を怒鳴りつけることもできない」

お茶漬けを流し込んでいた桂は、思わずむせ返りそうになる。

谷崎の扱いは、医局の中でも相当特異な状態であるらしい。

「おっと、これは研修医の前で言うことではなかったかな」

「気をつけてください。桂先生は循環器内科を研修中です」

「あはは、それはまずかったか。けれどまあ桂先生なら大丈夫だ。なんせ堂々と僕に挑戦状を突きつけてくるような胆力充分の研修医なんだから」

「挑戦状？」

首を傾げる桂に、院長は「おやおや」と笑いながら、窓の方を目で示す。

視線を追って、桂は絶句した。

窓際のテーブルの上に、華やかな黄色い花をいくつも活《い》けた大きな花瓶が置かれているのだ。疲れもあって気がつかなかったのだが、言うまでもなく桂がこの時季に一番映えると言ったダリアの花だ。

「あれは桂先生の仕業でしたか」

三島が感心したように言う。

「ここだけじゃないんだよ。最近じゃ医局のトイレや当直室にも、花がある。いやなかなか新鮮で楽しいものだね。花禁止令を出した僕自身が、〝花もいいものじゃないか〟とついつい言いたくなってしまう。桂君も立派な策士じゃないか」

あははと気楽に笑われても、桂は冷や汗が出るだけである。

脳裏には美琴の明るい笑顔が思い出される。

病院の中を飾ってみると言っていたが、これほどあからさまにやるとはさすがに思っていなかったのだ。

「それでは院長先生。見舞いの花は、禁止せずこのままにしておく方向ですか？」

桂の一番聞きたいことを口にしてくれたのは、三島なりの気遣いであるのかもしれない。しかし院長はにこにこと笑ったまま、わざとらしくダリアの花瓶を眺めつつ、

「しかしねえ、花瓶の水に緑膿菌《りょくのう》が出るというのは本当らしいんだよ。放置してよいかというと別の問題だ」

「緑膿菌など普通の患者さんには関係がないでしょう。よほど免疫力が低下している人でないと」

「その通り。調べた限りでは、白血病で治療中の患者さんなんかのときに特別注意が必要だということになっている」

「すると、うちは血液内科もありませんし、関係のない話になりますが」

「おお、そうだったね」

まるで今気づいたかのように、院長はぽんと膝《ひざ》を叩く。

おや、と期待を持った目を桂が向けると、しかし院長はあくまで笑顔で、

「だけど僕は、筋金入りの『事なかれ主義者』なんだよ」

自分で言っていれば世話はないのだが、要するに迂闊《うかつ》な返答はしないということである。

やはり院長は院長ということだ。ただのんきなだけの日和見主義者ではないということであろう。

桂が小さくため息をついたところで、ふいに院内ＰＨＳが鳴り響いた。

五分後に救急車です、という声に、なんとなく救われたような心地がして、桂は立ち上がった。

「患者は九十二歳、女性、肺炎の疑いです」

救急外来の入り口に、看護師の声が響く。

折しも、赤い回転灯を光らせた救急車から、見るからに顔色の悪い小柄なおばあさんを乗せたストレッチャーが運び出され、救急隊員の手で処置室に搬入されていくところだ。

救急室と言っても、梓川病院のような小さな施設にさほど立派な空間があるわけではない。日中は総合診療科として動いている小さな処置室に、夜勤の看護師がひとりと、病棟から救援の看護師がひとり加わっただけの甚だこぢんまりとした体制である。

「昨日からすでに微熱があったようですが、本日午後から38度。夜九時の時点で喘鳴《ぜんめい》が目立つようになり、その後反応が弱くなった本人を家族が発見して、救急要請したようです」

救急隊員のひとりが記録用紙を片手に桂のそばに駆け寄ってきて、すらすらと経過を述べた。

「現在のバイタルは、血圧95の46、脈拍１２２、現在、酸素7リットルでSpO_2 88パーセントです」

ご苦労さまです、と桂が一礼すればあとは病院側が患者を引き継ぐ形となる。

「これはまたひどいバイタルですね」

そんな場違いに気楽な口調でやってきたのは、言うまでもなく指導医の谷崎だ。救急室の空気が緊張するのは、『死神の谷崎』が外来にも知れ渡っているからであろう。

「桂先生、現時点での先生の診断は？」

「年齢、経過、救急隊員からの話を総合すれば、誤嚥《ごえん》性肺炎をもっとも疑います。ただ、最近数日、あまり水分も取れていなかったというわりには足や顔の浮腫《むく》みが目立ちますから、心不全も背景にあるかもしれません。呼吸状態から考えると危険な状態です」

「立派なものですね。もう私が教えることは何もありません」

にこやかに肩をすくめるその姿は、どうひいき目に見ても不穏当である。

「先生」と見かねた桂の声に、指導医は穏やかに応じた。

「いつも通りの方針です。一通り検査をして、想定通りの結果であれば、酸素このまま、点滴も固定。病棟にあげて看取りますよ」

何でもないような口調でありながら、反論を一切受け付けない冷たさを含んでいる。看護師たちもさすがに面と向かって異議を唱えたりはしない。

谷崎は丁寧に全身を診察すると、

「私がやるべきことはありませんね。次の患者に備えて私は仮眠をとっていますから、とりあえずの指示は優秀な研修医に任せるとしましょう。呼吸が止まったら呼んでください」

所感をつらつらと述べ立てると、そのままあっさりと処置室を出て行ってしまった。

あとにはストレッチャーの上で、弱々しい呼吸をする小さなお年寄りと、それを囲む二人の看護師がいるだけだ。

モニターがけたたましく警告アラームを発している。そっと手を伸ばしてアラームを消すと、ふいに異様な静けさが舞い降りてきた。

酸素マスクが、わずかな呼吸の度に少しだけ曇り、すぐに消える。

点滴は音もなく、最後の時を刻むように落ちていく。

桂は、しばし患者の顔を見つめたまま動かなかった。

当直明けの朝は辛い。

二十代の桂でさえ辛いのだから、四十代、五十代の医師たちはどういう状態で働いているのか、ほとんど理解に苦しむほどだ。

それでもその日は夜の三時以降は患者が途切れたからまだ良い方なのだが、疲労は疲労である。鉛のように重い体を引きずって桂は当直室から出てきた。

廊下には窓越しに黎明《れいめい》の淡い光がななめに差し込んで、反対側の壁に、切り取られた光の長方形が規則正しく並んでいる。そんな明暗まだらの廊下を抜け、医局の前を通りかかった桂は、窓際の椅子に腰かけじっと身動きもしない谷崎を見つけて、足を止めていた。

朝の六時である。

いまだ濃い朝靄《あさもや》の彼方《かなた》に、美ヶ原《うつくしがはら》の稜線《りょうせん》が朧気《おぼろげ》に浮かんで見える。空と山との境界線上にはゆっくりと朝日が姿を見せ始め、柔らかな陽射しがほとんど水平に医局の中へ差し込んでいる。

その光の中で、谷崎が見つめているのは窓の外ではない。すぐそばのテーブルの上に置かれた大きな花瓶である。

豊かに花開いたダリアを見つめたまま、身じろぎもしないその姿は、何か一種崇高な光を背負って見えて、桂はすぐには声をかけられなかった。

「やあ、おはよう」

気づいて先に口を開いたのは、谷崎の方である。

桂は慌てて挨拶《あいさつ》を返した。

「お疲れ様、明け方は救急の方は静かだったようですね。何よりです」

「お疲れ様です、先生」

笑いながら、谷崎は花瓶に目を戻す。

「この花は桂先生の院長への挑戦状だと聞きましたよ。たいした度胸ですね」

「挑戦状だなんて……」

「いやいや、美しいものですよ。こうして花を眺める機会なんてありませんでしたから、改めて見るといいものですね」

死神と言われる谷崎がこういう言葉を口にするとは思っていなかった。

桂はなんとなく不思議の感に打たれて見返すだけだ。

そんなささやかな会話のうちにも、太陽はゆっくりと稜線を越えつつある。水平に差し込んでいた光は徐々に傾き、医局の廊下まで照らしていた光は、引き潮のごとく静かに窓の方へと後退していく。

そんな何気ない景色の中にも見とれるような美しさがあるのは、この町の空気や光がとても澄んでいるからなのだろうと、桂は思う。

「昨日の夜に来た九十二歳の患者さんですがね……」

ふいに谷崎が口を開いて、桂は我に返った。

「つい先ほど亡くなりましたよ」

さすがに桂は目を瞠《みは》る。

「僕のところに連絡が来ませんでした……」

「いいんです。私が病棟に言っておいたんです。呼吸が止まったときは私だけ呼ぶように、と。もう散々死亡診断書も書いたでしょう。たまには眠らないと、あなたも体が持ちませんよ」

谷崎は、微笑を浮かべたまま、そんなことを言う。

「特に問題のないご臨終でした。トラブルはありませんでしたしね」

「ありがとうございます」

「しかしね……」

少しだけ指導医の口調が低くなったような気がして、桂は再び窓際へ目を向けた。

「しかし昨夜のカルテを確認したところ、見慣れぬものを目にしました」

桂は我知らず身を硬くする。

「酸素を10リットルまで増量。点滴は外液を増やし、抗生剤も投与している。バルーンを留置して、利尿剤ラシックスを2アンプル静注、最小量とはいえハンプまで併用している」

「僕の判断です」

「どういうつもりですか?」

逆光の中で谷崎の表情はよく見えない。しかし声だけははっきりとした冷ややかさを伴って届いてくる。

「九十二歳の高齢者で、あのバイタルを見て、助けられると思ったんですか。そうだとしたら一か月も私のもとにいた割にずいぶん見込みが甘いと言わざるを得ません。そうではないのに闇雲に手を出したのなら、それはあなたの単なる自己満足だ。結局私が教えたことは何も意味がなかったということになる」

仏様の前の孫悟空《そんごくう》のようだと、ふいに桂が場違いな感慨を持ったのは、余裕があったからでは全くない。

むしろ頭はなかば真っ白で、論理的な思考が飛んでしまっただけである。背中にはびっしょりと冷や汗を掻いている。

「あなたに、私と同じ哲学を持って、同じ医療をやれとは思いません。けれども私の下にいる間は、指示に従いなさい。少なくとも、あなたのやった治療は、ずいぶんな医療資源を投入しながら、ただ患者の余命を五時間ばかり引き延ばしただけでした」

「それが目的だったんです」

桂の返答に、谷崎は口をつぐんだ。

ふいの静寂。

そのまばゆい静けさの中で、桂は懸命に言葉を探しながら口を開いた。

「五時間……、いえ、三時間引き延ばすことが目的で治療しました」

「理由を説明してください」

「患者の息子さんから、孫がすぐに飯山《いいやま》から駆けつけてくる、と聞いたからです」

谷崎は、わずかに肩を動かしたが返答はしなかった。

飯山は長野市の北に位置する山間《やまあい》の小さな町だ。松本からの距離は約百キロ。高速道路を使って来れば、病院まで多く見積もっても三時間で到着できる。

「会わせてやりたいと息子さんが言っていたんです。小さい頃からおばあちゃん子の孫だったから、と」

谷崎はなお口を閉ざしたままだ。

その沈黙に後押しされるように、桂は続けた。

「助けられると思ったわけではありません。でも、助けるか看取るかだけが医療ではないと思いました。もちろん先生のおっしゃっている言葉もわかります。施設に何年も入っている認知症の人や、ベッドで寝たきりのまま身動きもできない人に、なんでもすべての治療をすればいいとは僕だって思いません。でも……」

懸命な言葉はしばしば途切れがちになる。けれども桂は必死で思いを言葉に変える。

まとまった思想があるわけではない。哲学というほどのものもない。しかしそれでも自分の心の奥底に、なにかかすかに灯《とも》った光がある。その光の温かさが消えぬよう、そっと両手で包むようにして、静かな指導医に相対する。

「でも、もしその患者さんのもとに駆けつけてくる人がいるなら、会える時間を作れるかもしれないのは医者だけです。何が正しくて、何が無意味であるのかは僕にはまだわかりませんが、家族につなぐために力を尽くすのなら、それは意味のあることじゃないかと思ったんです」

「家族につなぐため、ですか」

静かな声がようやく応じた。

谷崎は、桂に向けていた視線をゆっくりと、眼前のダリアの花瓶に戻した。

「なるほど、だからですか」

「だから……？」

「お見送りの時にご家族に言われたんです。〝本当にありがとうございました〟とね」

いつもの微笑を消して、谷崎は朝日に輝くダリアを見つめたまま付け加えた。

「久しぶりに耳にした言葉でしたよ」

桂が思わず指導医を見返したのは、その声のどこかにかすかな揺らぎを感じ取ったからだ。鋼のように冷たく滑らかな指導医の声に、らしからぬ抑揚があるように思われた。

しかし陽射しを背にした谷崎の横顔からは何も読み取ることはできなかった。

「あなたのやり方が間違っているとは言いません」

淡々とした声が聞こえた。

「けれども私は私のやり方を変えるつもりはありません。理想を語るには、医療の現実というものを私は知り過ぎてしまっているし、患者の家族の心まで感じ取るには、もうずいぶん年を取ってしまいました」

「それは少し違うと思います」

桂はほとんど反射的にそう答えていた。自分の声の思わぬ強さに、一番驚いたのは桂自身であったかもしれない。

谷崎もまた不思議そうに顔をあげる。

「父がよく言っていたんです。花の美しさに気づかない人間を信用するな。そいつはきっと人の痛みにも気づかない奴だって。でも先生はずっとその花を見つめていました。父の格言に従うと、先生は人の痛みがわかる人です」

少し驚いたような顔をした谷崎は、今度は小さく肩を揺らして笑った。あまり聞いたことのない弾むような笑い声であった。

「本当に、あなたは興味深い研修医だ」

愉快そうに笑いつつ続ける。

「せっかくですからひとつ言っておきましょう。もし本気であの患者を三時間持たせようと思ったのなら、もう少し利尿剤を増やすべきでしたし、ハンプも十分とは言えなかった。今回五時間持ちこたえたのは、幸運と言うしかない。まだまだ未熟ですよ」

ふわりと辺りが明るくなったのは、窓外に沈滞していた濃い朝靄が流れ始めたからだ。黎明の中にまどろんでいた安曇野が、にわかに朝を迎えようとしている。

そのまばゆい光の中で谷崎は感慨深げにつぶやいた。

「しかし家族に会わせるため、ですか。なるほど。家族ですか。懐かしい響きだ」

何気ないその一言を聞き流しかけたその瞬間、桂は不思議な違和感を覚えて、指導医の横顔を見た。

そこには、いつもと変わらぬ感情の読み取りにくい笑顔がある。

しかし細められた目の奥にかすかに揺れる光を見たとき、ふいになにか雷光にでも打たれたように、ひらめいたものがあった。その火花のように弾けたなにものかを、桂は強引に掴《つか》んで放さなかった。

〝家族ですか。懐かしい響きだ〟

十年以上前、輸血が間に合わなくて亡くなった女性の話が、思い出されていた。亡くなった女性は、偶然救急外来に来た患者さんではなく、谷崎先生の家族だったのではないか。その突飛なひらめきに根拠はない。むしろ奇抜に過ぎるというものだ。けれども思いは、容易に桂の胸を離れなかった。

十年以上も前の話。

二十二歳の妊婦さん。

もしそうだとすれば、その人は谷崎先生の……。

思考を進めかけて、桂はそこで自ら立ち止まった。

進めば答えが得られるのか。いや、答えを得てどうしようというのか。仮にその先に正解があったとして、多くを語らぬ指導医が伝えたかったことは、そういう問題ではなかったはずだ。

桂はしばらく沈黙し、朝日の中に座っている指導医を見つめていたが、やがて敢えて明るい声で問いかけた。

「先生、回診に行きませんか？」

研修医の声に、死神は穏やかに笑ってうなずいた。


ひどく青い空だった。

秋の安曇野は、気温が下がるとともに、にわかに空の青さが冴えてくる。突き抜けるような、空のさらに上に広がる宇宙を感じさせるほどの、どこまでも果てのない青だ。

その澄み渡った空の下、忙しそうに駆けてくる赤いカーディガンを見つけて、桂は手を振った。

「ごめんね、待った？」

美琴の明るい声が木々のはざまに響きわたった。

鮮やかな赤のカーディガンの上に、薄いピンクのスカーフを巻いたその姿は、先日の大人びた空気から一変して、また格別の華やかさだ。おおいに戸惑う桂の様子に、しかし美琴の方は気づいた風もない。

「行こう?」

明るい一声を合図に、二人は林の中の小道を歩き始めた。

〝今度の日曜日、約束通り、ランチをおごってあげるわ〟

そんなことを美琴が言ったのは、循環器内科の研修が終わる最後の週末であった。

〝大変だった谷崎研修も終わりだし、お疲れ様会も兼ねてね〟

病棟の片隅で、こっそりそんなことを言われた桂に、もちろん否やのあろうはずもない。

約束の日曜日の昼下がり。待ち合わせた場所は病院から少し離れた雑木林の入り口だった。そこから予定の店までは、小道を抜けて徒歩十五分程度という美琴の話である。

小道の左手には、安曇野の田園地帯に豊かな水を運ぶ石造りの水路が、ゆったりと蛇行しながら前方へ続いている。信州においてはこの水路を堰《せぎ》と呼ぶ。もともとは乾燥した荒地に過ぎなかった広大な扇状地は、今も多くの堰によって潤い、豊かな実りをもたらしているのだ。

堰沿いの歩道には分厚く落ち葉が降り積もり、空の青、木々の緑とともに、短い秋を彩っている。

「聞いたわよ、桂先生。一昨日《おととい》の診療会議のこと」

秋色の小道に、春の陽射しのような美琴の声が響いた。

ついていく桂は、苦笑を浮かべる。

「早いね、情報が」

「もう病院中で噂になっているわ。花屋の大逆転劇ってね」

「逆転とかそういうものじゃないよ。正直、わけのわからない会議だった。みんなが理屈に合わないことを言い合って、最終的にああいう結論になったんだから」

桂は笑って頭を掻いた。

その脳裏に、二日前の診療会議の景色が浮かぶ。

〝では、挙手をお願いしたいと思います〟

会議室に、遠藤院長の穏やかな声が響いていた。

二週間ぶりの診療会議の場だ。院内二十数名の医師たちが、コの字形の机を囲んで院長の声を聞いている。

〝見舞いの花の件ですが、中止する方向で検討していましたが、本日結論を出したいと思っております。つきましては、花を禁止することに反対の方は挙手をお願いします〟

院長のやり方は微妙に小細工が利いている。

花禁止に賛成の挙手を求めればよいところを敢えて反対の挙手を求めたのだ。問題自体に興味のない医師はどちらでもよい話であるからわざわざ意志をもって挙手することはない。自然、院長の意見に従う者が多数派になる。そういう見込みでの呼びかけであった。

最初に挙手をしたのは言うまでもなく桂である。その両脇で手があがったのは、桂が同期の研修医仲間二人に、何が何でも手を挙げてくれと頼んだからで、こういうときは権力や権威を恐れない仲間内の友情は存外に信頼できるものだ。

それで挙手は三人。

〝三人だけですか〟と院長が言いかけたところで、微妙にぱらぱらと医師たちが手を挙げたから、にわかに空気が変化した。

挙手した医師の中には、桂とあまり面識のない、産婦人科や小児科の医師もいる。一方で前回は我関せずの顔であった三島も挙手していた。

おやおやと面白がる顔をしたのは、ほかならぬ院長本人だ。

〝これは、研修医の挑戦状が意外に有効でしたかね〟

そんなことを言いながら、ひとりずつ人数を確認していく。予定より人数が多いとはいえ、一見して過半数には達していないから結論は明らかであるのだが、もったいぶって数えていくのも院長のやり方である。しかし勘定していく最中に院長がおや、と急に驚いたような顔をした。

その視線を追って、桂も目を瞠った。

会議といえば、いつも素知らぬ顔で、挙手どころか発言したこともない谷崎が手を挙げていたのである。

二度ほど院長が瞬《まばた》きしたまま動かなかったのは、それだけ驚きが大きかったからであろう。

〝どういう風の吹き回しですか？〟

院長の遠慮のない問いに、谷崎はいつもの読めない笑顔で応じる。

〝深い意味はありません。ただ……〟

そこで言葉を切ってから、肩をすくめてつづけた。

〝花の美しさに気づかない者に、人の痛みはわからないそうですよ〟

さらりと投げ出された言葉に、院長はしばし不思議そうな顔をしていたが、やがて人数を数えること自体を放棄して、口を開いた。

〝どうやら花屋の方に軍配があがりそうですね〟

実際の人数はどう見ても挙手している方が少数派である。にもかかわらず院長は、〝これはやられましたねぇ〟などとわざとらしい台詞《せりふ》を平然とつぶやいている。

要するに、それが院長の結論であった。

全く理屈は通らない。けれども、会議室に集まっていたのは、理屈が全てではない世界を生きている人たちである。

院長の風変わりな結論に、わざわざ反論する者もどこにもいなかった。


「月岡さんたちの花を飾ろう大作戦のおかげだね」

「和歌子さん、泣きながら喜んでたわ」

ふふっと肩を揺らして楽しげに笑っていた美琴は、ふいに小道の先に見えてきた小さな丸太小屋風の建物を示して声をあげた。

「あそこよ」

木立の中の二階建ての家は、優しく降り注ぐ木漏れ日の中で、静かにうずくまっている。病院からさして遠くもない場所にこんな店があることを、桂はまったく知らなかった。

「特製の薬膳《やくぜん》カレーがおいしいの。今日は特別私のおごり」

笑って振り返った美琴が怪訝な顔をしたのは、桂が急に立ち止まって、持っていた少し大きめの紙袋の中でごそごそと手を動かしていたからだ。

やがて桂が「どうぞ」と差し出したのは、白とピンクと茶がほどよく入り交じった小さな花束であった。

さすがに美琴も驚いた顔をした。

「私に?」

「内科研修が始まってから、ずいぶん助けられてきたのに、まだまともにお礼も言っていなかったから」

照れを隠せないまま頼りなく告げる桂に、しかし美琴も戸惑いを隠せない。差し出されるままに花束を受け取った美琴は、かすかに頬を染めつつ微笑する。

「ダリアね。今回の私たちの切り札」

「そうだけど、それだけじゃないよ」

桂の言葉に、少し首を傾げた美琴は、ふいに何かに気付いたように目を丸くする。

「これ、なんか甘い香りがする」

「なんの香りだと思う」

「敢えて言うなら……チョコレート?」

半信半疑でそう問うた美琴に、桂はうなずいた。

「最近人気のセントバレンタインっていう品種だよ。少しだけなんだけど入れてもらったんだ。そのチョコレートみたいな匂いが最大の特徴」

「すごいわね」

「結構手に入りにくいから、和歌子さんに力を貸してもらったんだけどね」

素直に驚いている美琴に、桂は頭を掻きながら、

「病院内じゃ、なかなかお礼とか言えないから……」

「お礼なんて気にしなくていいのに」

「あと、今日だけじゃなくて、また二人で散歩ができるといいと思って……」

桂が、たどたどしい口調でようやくそう言うと、美琴は一瞬間をおいてから、急に緊張したように身を硬くした。

やがて探るように、花束越しに目を向ける。

「それってもしかして、次のデートの予約？」

「そのつもり」

だめかな？　と遠慮がちに問いかければ、美琴は胸元の花束をさらに持ち上げて、なかばダリアに埋もれるようにして、小さく、か細く返事をした。

「だめなわけないでしょ」

言うなりひらりと身を翻して、小道を駆けだした。

「でも今は、カレーが先よ」

明るい声が木立の間を伝わっていく。

桂はしばし、陽射しの下に揺れる赤いカーディガンを見送っていたが、やがて大きく息を吸い込んで一気に吐き出した。

研修医になって半年、それなりに冷や汗を掻く経験もしてきた。ましてこの一か月の研修は、緊張に次ぐ緊張の連続であった。けれどもどんな修羅場に放り込まれた時よりも、今日が一番緊張していたというのが本音であった。

桂は気持ちを落ち着かせるように、ゆっくり頭上を振り仰ぐ。

針葉樹の深みのある緑に切り取られた青い空が見えている。できればそのまま大声で叫んでみたかったが、これはさすがに遠慮して、勢いよく足を踏み出した。

店の前にあるウッドデッキの上で、美琴が元気よく手を振っている。

木漏れ日が、二人を結ぶ小道の上を、明るく優しく照らし出していた。

第三話

山《さ》茶《ざん》花《か》の咲く道

多忙な日勤が終わったあとに病棟を一通り歩いて回るのが、月岡美琴の最近の日課であった。

スタッフステーションの隣にある重症室を確認したあとは、デイルームからはじめて順に病室を覗《のぞ》いていく。

十五の病室をすべて回ったあとは、トイレと浴室を確認して終了となる。

他の病棟に比べても高齢者が多いのが、美琴のいる内科病棟である。一口に高齢者と言っても、寝たきり患者から認知症患者まで様々で、そういう環境をざっと見て回るだけで、思わぬ事態に遭遇することも少なくない。

トイレの帰りに自分の病室がわからなくなって廊下で途方に暮れているおばあさんや、点滴の管を引き抜いて頭上で振り回しているおじいさんなど、気づかなければ事故につながりかねない事態を発見するのである。

もちろん看護師側も、頻回の巡回やコールマット、抑制帯や鎮静剤などあらゆる手段を講じて事故を予防すべく奮闘しているが、いかんせん限られた看護師の数に比して、高齢者の人数は圧倒的なものがあるから、万全な体制など確保のしようがないのである。

「いつもながら、仕事熱心なことね」

美琴の耳にそんな声が聞こえてきたのは、病棟を一巡してスタッフステーションに戻ってきたときのことだ。

ステーションの中から呆《あき》れ顔を向けていたのは、真っ赤に髪を染めた沢野京子。師長から注意を受けるたびにころころと色の変わる派手な髪は、彼女のトレードマークである。

「日勤が終わったんだからすぐ帰ればいいのに、ミコってほんと物好きだわ」

「どういたしまして。今日の夜勤にサワがいるって知っていれば、さっさと帰っていたんだけどね」

はいはい、と肩をすくめながら、しかし京子は意味ありげににやりと笑って、ステーション前のデイルームを目で示した。

「病棟で待ち合わせってわけじゃないわよね」

視線の先を追いかけて、美琴は軽く目を開く。

デイルームの中に白衣の青年の姿がある。髪はぼさぼさで遠目にも無精ひげが目立って、いかにも業務の疲れが滲《にじ》んでいるが、目には疲労の色を覆い隠す明るい光がある。

一年目研修医の桂正太郎である。

桂は車椅子に座っている白髪のおじいさんのそばにしゃがみこんで、何やら言葉を交わしている。

「やっぱり待ち合わせ？」

「そんなわけないでしょ」

美琴は抗議の声をあげてからデイルームに足を向けた。

「桂先生」といくらか遠慮がちに美琴が声をかけたのは、他の看護師たちの視線が気になるからだ。幸い日勤が夜勤に切り替わった直後で、病棟全体が慌ただしい時間であるし、同期の京子は、まるで何事もなかったかのように背中を向けてカルテをめくっている。

「十一月から整形外科の研修のはずでしょ。内科病棟にどうしたの？」

「手術が終わって少し時間があったから、山口《やまぐち》さんの様子を見に来たんだ」

桂は穏やかに笑って、身を起こした。

山口さんというのは、桂が声をかけていた白髪の老人だ。

藍色《あいいろ》の丹前を粋《いき》に着こなした小柄なおじいさんが、車椅子に腰かけたままにこにこと笑って二人を見上げている。認知症が比較的進んでいるが、大声をあげたり暴れたりするタイプではなく、いつも穏やかな笑みを振りまいて周囲をなごませてくれる人である。食べることが好きで、今も頼りない手つきで一生懸命スプーンを使ってお粥《かゆ》を口に運んでいる。ぽたぽたと周りにこぼれているのはご愛敬《あいきょう》というものだ。

こんにちは、という美琴の声に、「はいこんにちは」とうなずきながら、またスプーンを動かし始めた。

「そうか、山口さんて整形から内科に転科してきた人だっけ。先生が主治医だったの？」

「そう。足の手術はうまくいったのに、リハビリ中に肺炎になっちゃってね。もともと心不全もある人だから、今は谷崎先生にお世話になってるはずだよ」

「肺炎ならもう大丈夫みたいよ。三日前から食事も始まって、食べ始めたら、どんどん元気になってるわ」

「良かったよ、安心した」

桂はゆっくりとうなずいた。

そのまま二人して、なんとなく山口さんの食事を見守っていたが、美琴がそっと桂の横顔に目を向けると、桂もまたそれに気づいて見返す。

なんとなくぎこちない沈黙を挟んで「あのさ……」と桂が言いかけたところで、にわかに桂のPHSがけたたましく鳴り響いた。

「わかりました、すぐ行きます」と口早に応じた桂は、「ごめん、また来る」という一言とともに駆け出していった。

何やら一陣の風が吹き抜けていったかのようなせわしなさだ。残された美琴は、束の間見送っていたが、やがて我知らずため息をついていた。

「見せつけてくれるじゃない」

背後から飛び込んできた声の主は、言わずもがなの京子である。

「病棟でいちゃつくのはご遠慮ください。患者たちにも看護師たちにも刺激が強すぎるわ」

「心配しなくても、いちゃつく暇もありはしないわ。見ていたとおりよ」

半ば投げやりな美琴の返答は、しかしそれなりに本音を含んでいる。

先月一度だけ近くのカフェでランチをともにしたあとは、二度ほど遅い時間の食事に出かけたくらいで、二人でゆっくり過ごした日は一日もない。十月までは桂が内科系を研修していたから、それでも院内で顔を合わせる機会は少なくなかったが、十一月から研修先が整形外科に移り、ますます時間がすれ違うようになっている。

「あんたたち、付き合ってるんでしょ？」

「そのつもりだったけど、時々わかんなくなるわ。今度先生に聞いておいてくれる？」

「またそんな可愛くないこと言っちゃって。でも先生の方はちゃんと気にしてるみたいじゃない。

患者の様子が気になるとかなんとか言って、結局ミコの顔を見に来てるだけでしょ」

遠慮のない旧友の論評が、この場合なんとなく心強い。

「でも先生の後ろ姿を見送ったまま、呆《ほう》けて突っ立っているのは気色悪いわ。頭のネジでもはずれたかと思ったわよ」

「サワにだけは言われたくないわね」

美琴は、同期の際立つ髪を軽く睨《にら》みつつ、

「人の頭のネジを心配する前に、その輸血バッグより赤い髪の色をなんとかした方がいいわ。大滝主任にまた怒られるわよ」

「りょーかいりょーかい」とぱたぱた手元のカルテを振りながら、

「そんなことより、ミコ。日勤終わったんだし早く帰りなさい。あんたがいると、余計なトラブルが起きてまた巻き込まれる気がするのよ。帰った帰った」

「またそうやって人を疫病神みたいに……」

美琴の声は、何かが倒れる唐突な物音で遮られた。

二人が顔を見合わせたのも束の間、廊下の奥の病室から、甲高い看護師の声が聞こえた。

「転倒です！　３０８号」

二人は、ほとんど同時に駆け出していた。


梓川病院は北アルプスのふもとに位置する地域の小さな病院である。

市街地にある大病院のように、四六時中重症患者が運び込まれてくるような施設ではないのだが、地域の病院には地域の病院なりの問題というものがある。

とにかく高齢の患者が多いのである。

八十代、九十代は当たり前で、百歳を越えた患者も珍しくはない。それでも美琴が最初に配属された救急外来は、若い外傷患者や小児科の患者も来院して活気もあったが、その後に配属された内科病棟は、半ば高齢者の介護施設のような状態だ。

心不全や肺炎といった病名はついているものの、認知症で徘徊《はいかい》したり、寝たきりで奇声を上げていたり、胃瘻《いろう》で管理されて天井を見上げたまま微動だにしない患者たちが、行く当てもなく病室を埋めている。

「会話ができる患者さんなんて、入院患者の半分もいないのね」

配属早々、ため息をつく美琴に、「なに言ってんの」と京子は答えたものだ。

「会話ができる患者の中でも、〝辻褄《つじつま》のあう会話〟ができる患者となると、その半分もいないわよ」

最初から内科病棟に勤めていた京子の返答は辛辣《しんらつ》ではあったが、的確でもあった。

そんな浮薄なやりとりを交わしつつも、現在では、二人とも病棟看護師の中核メンバーとなりつつある。

「ほんと、ミコって優秀だわ。同期の私が立場なくなるくらい」

一杯目のビールジョッキをあっという間に空けた京子が、そんな言葉を口にしたのは、病院からほど近い小さな中華料理屋でのことだ。

『万福《まんぷく》』という名のその店は、病院の関係者ともしばしば顔を合わせることのある場所だが、ビールと料理は確かにうまい。仕事のストレスがたまると、なんとなく帰りにここに立ち寄って生ビールと蟹玉《かにたま》と桃饅頭《まんじゆう》を注文して愚痴を吐き出し合うのが、最近の二人の定番であった。

「急に何言ってんのよ、気持ち悪いわよ、サワ」

「だって来年には病棟主任にあがるんでしょ。大滝主任の後釜《あとがま》だって聞いたわ」

ジョッキをにぎったまま、美琴は思わず身を乗り出していた。

「それってまだ確定じゃないし、なにより極秘の人事よ。なんで知ってるのよ」

「ばかねえ、院内人事の秘密なんて、あってないようなもんよ。ほんとうらやましいわ。仕事ができて、ちゃんと上司には評価されて、しっかり男も捕まえて……というかこれは捕まえてもらったのか。なんて贅沢《ぜいたく》な女かしら。ああ、不公平」

人の手からジョッキをもぎとってあっさり傾ける友人を、美琴は呆れながらも笑って見守る。

この同期は口は悪いが、悪意はない。性格、食の好み、髪の色から男性観に至るまで、ことごとく一致しない京子は、しかし美琴にとって不思議なくらい気の置けない存在なのである。

「それにしても」と京子は深々とため息をつきながら、

「なんで私たちが怒られなきゃいけないのよ」

美琴は軽く肩をすくめて受け流す。

「これも仕事のうちよ。新人を矢面に立たせるわけにもいかないでしょ」

「余裕なふりしてるけど、ミコって絶対師長に目をつけられてるわよ」

美琴と京子が看護師長からの呼び出しを受けたのは今朝のことだ。

前日の夜、病棟患者が転倒した件での呼び出しであったが、転倒トラブルが起きたのは、美琴の日勤が終わった時間であるし、京子の担当患者でもない。現場に居合わせたのは単なる偶然だったのだが、師長の態度はお世辞にも穏便とは言い難いものであった。

〝なぜ呼ばれたか、自覚はありますか、月岡さん、沢野さん〟

冷ややかな言葉を吐きだした師長の鋭い眼光が、美琴と京子の脳裏に同時に去来する。

看護師長の和田浜子《わだはまこ》は、三十年以上梓川病院に勤めてきた古株中の古株だ。若手看護師に対する厳格さと毒舌は有名なもので、少しでも気に障る看護師がいると叱責《しっせき》に交えて容赦のない皮肉や嫌味を浴びせかける。新人の中にはこの師長の毒舌を一度浴びただけで、辞めてしまった者もいるくらいだ。

〝昨夜、内科病棟で患者さんの転倒がありましたね〟

さっそく投げかけられた言葉は、最初から氷点下の冷ややかさであった。京子が陰で『ブリザードの和田』と名付けているのは、言い得て妙だと感心する。

〝まだ自力で立ち上がれない高齢の患者さんのトイレ介助を、新人の看護師がひとりで担当していたためと聞いていますが、事実ですか？〟

わかりきったことを改めて言葉にして問いただすこと自体が、ブリザードの威力をより強力なものにしている。

こうなると小細工はきかないから、美琴は直立不動で答えた。

〝事実です〟

〝しかも新人の半崎美奈《はんざきみな》看護師は、つい先月まで小児科病棟にいて、高齢者の介助はまったく不慣れであったことは明白でした。そんなスタッフにひとりでトイレ介助とは、危険とは思わなかったのですか？〟

思うも何も、美琴はあの日、日勤を終えたところで、夜勤の体制については関知する立場にない。しかしそんな思いを見透かしたように、ブリザードの眼光が鋭くなった。

〝月岡さん、あなたには大滝主任もずいぶん期待しているのです。期待に応《こた》えたいのなら、自分の業務が終わればそれで良いというような安易な考え方は捨ててもらわないといけません〟

これが言いたかったのだろうと美琴は胸中で嘆息した。

要するに「お前みたいな小娘が、簡単に病棟主任になれると思うなよ」と言いたいのであろう。別に美琴としては昇進希望などかけらもない。大滝主任が勝手に推薦しているだけである。

ちらりと美琴が師長の横に視線を走らせたのは、そこに当の大滝本人が座っているからだ。

大滝は、背が高くどっしりとした貫禄《かんろく》のある体格で、病棟での後輩からの信頼も厚い。しかし来年退職予定であり、退職に伴って美琴を次の主任に推薦した張本人である。

美琴が高い評価を受けている、ということになるのだが、その分だけ風当たりも強くなるのが現実であり、大滝もそれに気付いていながら、苦労している美琴を面白げに見守っている風がある。

今も腕を組んだままにやりと笑った大滝に気づいた美琴は、あとでビールの一杯もおごってもらおうと結論して殊勝に頭を下げた。

美琴は頭を下げたのに〝しかし師長〟と反論を試みたのは、京子であった。

〝まだ戦力としては不十分の新人をまるで一人前のように夜勤のシフトに入れておいて、指導できる人員は一切補充しないまま病棟を回すよう指示する病院の方針も、同じくらい危険だと思います〟

超然たる態度でさらりと告げる京子の度胸はなかなかのものだろう。和田師長は思わぬ反撃にわずかに眉《まゆ》を動かしたが、すぐに表情を消して答えた。

〝病棟に人手が足りないことはわかっています。しかし人手がないからといって、事故が起きて良いわけではありません。特に新人を指導する立場のあなた方の世代に、私はとても期待しているのです〟

冷ややかな目で二人を交互に見比べてから、今度は京子に反論の隙を与えぬまま、

〝わかりましたね〟

その言葉が、終了の合図であった。

大滝は最後まで、悠揚たる笑顔を崩さなかった。

「主任って絶対楽しんでるわよね」

そんな京子のぼやきは、しかし美琴にとっても同感である。なかなか一筋縄ではいかない上司なのだ。

「まったくミコが目をつけられるのはいいとして、私は完全に巻き込まれているだけじゃない」

「心配しなくてもあなたはその真っ赤な髪のおかげで、しっかり目をつけられているわ」

「余計なお世話よ。それよりやっと来たわ」

京子はジョッキを片手に店の入り口を顎《あご》で示した。ちょうど開いた自動ドアから入ってきたのは、二人の若い青年だ。

先に入ってきたのは、研修医の桂で、店内を見回して二人を見つけるとすぐに右手を大きく振った。

「ごめん、待たせた？」

「大丈夫よ、先生」

答えたのは京子の方だ。

「あなたの彼女は、二時間待たせたって、明るい声で〝大丈夫〟って答えるわ。長い付き合いの親友には絶対見せてくれない笑顔でね」

「あのね」と呆れ顔の美琴にかまわず、京子は「生ビール二つ追加」などと叫んでいる。

苦笑しつつ桂は、隣の青年を紹介した。

「同じ研修医の川上先生。帰りが一緒になったから、せっかくだと思って夕食に誘ったんだけど、良かったかな」

隣で控えめに会釈したのは少し背の低い眼鏡をかけた若者だ。美琴はまだまともに会話をしたことがないが、院内で見かけたことはある。

「もちろん」と美琴がうなずけば、

「なにが〝もちろん〟よ」

すぐに京子がまぜっかえす。

「心配しなくても、ミコは桂先生がいれば、あとは熊がついてきたって笑顔で迎えてくれるわ」

その勢いでビールジョッキをまた傾けている。

「何かあったの？」

「ちょっとストレスがね」

美琴は肩をすくめつつ、

「お疲れ様、今日の手術は終わった？」

「なんとかね」

隣の席に腰を下ろした桂は、しかしすぐに心配そうな目を向けた。

「それよりごめん。忙しくって全然連絡もできなくて」

今時めずらしい飾り気のないその態度が、桂という青年の不思議さである。白衣を着て駆け回っているときとはずいぶんな相違だ。

美琴は胸のうちでほっとしたものを感じつつ、外面だけは落ち着いて答えた。

「あんまり待たせてると、高くつくわよ」

ちょうどビールが届いて、皆で乾杯となった。

美琴は桂という青年について、まだ多くを知っているわけではない。

初めて出会ったのは春先の四月であったが、互いに親しく言葉を交わすようになったのは、桂が消化器内科に来た七月になってからだ。その後は急速に距離が近づいて、食事にも出かけるようになったものの、京子が言うほど濃密な時間を積み上げているわけではない。

病棟の中堅的な立ち位置にいる三年目の看護師と、次々と研修科が変わっていく一年目の研修医では、互いに容易には時間を取りようがないから、季節だけが無情に過ぎていっている感がある。

「ほんとに忙しそうね」

美琴が小さくそうつぶやいたのは、『万福』からの帰り道だ。

すっかり日は暮れて、車道も歩道も人気が絶えている。食事のなかばで川上が病棟からの呼び出しを受けていなくなり、しばらくしてから京子も「お邪魔虫は退散するわ」と何やら気を遣って立ち去ったから、帰路は二人だけだ。

街灯のとぼしい上り坂は、日によってはかなり暗いが、今夜は初冬の満月の青い光に照らされて、ちょっと驚くほどに明るい。十一月上旬の夜道は昼と異なり相当に冷えるが、空気も澄んでいて歩くには気持ちがよい。

おまけにすぐ隣には、自分の自転車を押してくれている桂がいることが、美琴の心をいつも以上に張りのあるものにした。

「整形外科も大変よね。外来も病棟もいつも混んでるもの」

美琴の言葉に、桂はうなずいた。

「次から次へ、患者さんは途切れないよ。右も左も高齢者ばかりだけど」

「内科と変わらない？」

「そうだね、志賀《しが》先生が言っていたけど、十年前はこんなにお年寄りばかりじゃなかったって。時代の流れってやつだってさ」

志賀先生というのは整形外科の科長をつとめるベテランのドクターだ。もう六十歳近い医師で、少し曲がった背中と鋭い眼光は、いかにも長らく厳しい現場を支えてきた老練の医師としての貫禄に満ちている。美琴にとっては、お世辞にも親しみを感じる人物ではないのだが、定年間近になっても深夜まで図書室で分厚い英書を読んでいる姿には、純粋に畏敬《いけい》の念を感じざるを得ない。

「高齢の患者さんだと、骨折の手術ひとつとっても、脳梗塞《こうそく》や狭心症とか、たくさんのリスクがあるからね。どんなに手術がうまくいっても、もとみたいに動けるようになるわけじゃないし、なんとか退院にこぎつけても、すぐに肺炎や心不全で帰ってくる人もいる」

「山口さんなんて、退院前に肺炎になったくらいだものね」

「そういうこと」

丹前を着てスプーンを動かしていたおじいさんを思い出したかのように、桂が少し足を止めた。

「学生のときに大学病院の実習で見た景色と、こんなに違う医療現場があるとは思わなかったよ。ここがいくら田舎だって言っても、大学のある市街地から一時間もかからない場所なのにね」

ふいに、からからと乾いた音が聞こえたのは、坂の上から一台の自転車が下ってきたからだ。若い男性の乗った自転車はそのまま二人の脇を通り過ぎ、背後の夜道に消えていく。

街灯の向こうの闇に溶けていく自転車を見送りながら、美琴もまた病棟の景色を頭の中に描き出してみた。

現在内科には七十人程度の患者が入院しているが、その八割が八十歳を越えていて、九十歳以上の高齢者も二桁《けた》にのぼる。もはや病気なのか老衰なのか判然としない人たちがたくさんいて、点滴や胃瘻や酸素チューブにつながれて漫然と病室の白い天井を見上げたまま動かない人も珍しくない。少なくともテレビドラマでよく見る活気あふれる病院の景色とはまったく異なる現実がそこにある。

「もしかして、先生、幻滅した？」

美琴の遠慮のない問いに、桂は少しだけ驚いたような顔をした。

「幻滅？」

「病気やケガの人をきっちり治療して、みんなが元気で帰っていくことをイメージしていたら、梓川病院はだいぶ違うと思うから」

内科の病棟に限らない。梓川病院では、どの病棟にも、快復して元気になって退院していく患者がいるのと同じくらいの自然さで、亡くなっていく人がいる。ある意味で死が日常である景色が、これから医者になろうとしている桂の目にどのように映っているのか、美琴には想像しにくい。

桂はしばし沈黙していたが、やがてゆっくりと言葉を選ぶように答えた。

「幻滅はしていない。むしろ知っておいて良かったと思ってる。驚かされることも多いけどね」

小さく笑った桂が、ふいに道端の小さな花壇を示した。

「シクラメンだ」

言われて美琴も目を向ければ、あでやかな花が、風のない夜道を静かに飾っている。なんとなく青みがかって見えるのは月光のせいで、よく見ると鮮やかなほどの美しい赤だ。

「冬を代表する花だよ。この時期はクリスマスローズと並んで人気があるから、入荷量を確保するのも結構大変なんだ」

美琴は思わず知らず微笑をこぼす。

白衣を着ていれば考えもしないことだが、こうして病院の外で花について語っているときはまぎれもなく花屋の青年だ。そのギャップが、温かなおかしみを持っている。

「月岡さんは、幻滅したことがある？」

ふいに投げかけられた問いに、美琴は自分でも意外なほど戸惑いを覚えた。

「私が？」

「月岡さんだって、仕事が始まった当初はいろいろ感じたこともあったんじゃないかって思って」

美琴は思案顔でコートの襟を掻《か》き合わせながら、頭上の月を振り仰いだ。

勤め始めて三年目、時間はただもう駆け抜けていくように流れていった感がある。確かに一年目の頃、たくさんの寝たきり患者や、認知症で大声を上げる高齢者などに戸惑いを覚えた記憶はあるが、そのひとつひとつに向き合う余裕など微塵《みじん》もなかったというのが正直なところだろう。

「幻滅する暇なんてなかったわ。いまだって毎日手いっぱい」

美琴はなかばつぶやくようにそう答えていた。

やがて二人は、顔を見合わせて小さく笑いあい、再び坂を上り始めた。上りながら、しかし美琴の胸の内にかすかに揺れるものがあった。

自分は今の現場に、居場所を見つけられているだろうか。

改めて問われると、すぐには答えが出てこない。いつか島崎に言われたように、処置の介助や急変対応がいくら上手《うま》くなっても、それが看護師のすべてではない。和田師長の言葉ではないが、ただ自分の仕事に一生懸命であれば許される立場は、少しずつ卒業していかなければいけないことも事実だ。

落ち着きもなく、まとまりもなく、心の奥底で揺れ続けるものを感じて、美琴はもう一度月を見上げたのである。

病棟看護師である美琴の仕事は、ルーチンワークだけでも多岐にわたる。

朝、出勤するとまず夜勤明けの看護師たちから申し送りを受け、それから担当患者の検温を開始する。一時間ほどでそれが終わると、チームごとに分かれて患者たちのオムツ交換と清拭《せいしき》に回っていく。体格のいい患者もいるから結構な力仕事になるのだが、オムツをつけていない患者が楽かといえばそうではなく、歩行の不安定な高齢者の場合は、トイレのたびにナースコールが鳴って駆け付けなければいけない。

その合間に、内視鏡室や透析室への患者の送り迎えに付き添い、ときおり不意打ちのように救急部からの入院受け入れ依頼が飛び込んでくる。右往左往しているうちに昼食の食事介助に人手をとられるのだが、これがまた一仕事だ。

自力で食事が摂取できない患者のそばに付き添い一口分ずつを口に運ぶ。人によってペースが違うし、認知症の患者の中には食事を拒否して口を開けない者や、口に入ったスプーンに嚙《か》みつく者もいる。その他ST（言語聴覚士）からの細かい注意事項もあり、気は安まらない。食事がなんとか自力で食べられる患者はデイルームに集められて配膳《はいぜん》されるのだが、中には急に痰《たん》が増えてせき込む患者や、むせ込んで呼吸が悪くなる患者もいるから、こちらもなかなか油断ができない。

皮肉なことだが、結局、嚥下《えんげ》機能が低下している患者のうちでは、胃瘻が入っている寝たきり患者が一番手がかからないということになるのである。

「月岡、時間ある？」

病棟主任の大滝がいくらか緊張感のある声を投げかけてきたのは、まもなく夕食の時間が始まろうとしていたころだ。

「日勤が終わるところで悪いんだけど、急性膵炎《すいえん》の入院が入るのよ」

「いいですよ。迎えに行きます」

美琴はカルテ記載をしていたノートパソコンをたたんで速やかに応じる。

大滝はいつもの大らかな笑顔で、

「さすがに重症患者の迎えを押し付けたりしないわ。戻ってくるまでの間、３０６号の内田《うちだ》さんの食介（食事介助）を頼めると助かるんだけど」

「了解です」

答えながらもう美琴は立ち上がっている。

そういう動きが心強いと大滝は言うのだが、美琴に言わせれば人を動かす魅力が大滝の側にあるということになる。修羅場の病棟に悲愴《ひそう》感がないのは、この鷹揚《おうよう》な上司のおかげだと、お世辞でなく美琴は思うのである。

「あんたも物好きね、ミコ」

さらりと口をはさんだのはすぐ隣でカルテ記載をしていた京子である。今日はこの赤い髪の同期も日勤であったのだ。

「新人だってベテランだってみんな、あとのことなんて気にせず帰ってるってのに、わざわざ残って食介を手伝うなんて……」

「今日はＳＴさんも少ないからいつも以上に人手不足なのよ。ここで膵炎が入ってきたら、さすがの大滝主任も大変だわ。そういうサワはどうなのよ」

「どうって？」

「別に慌てて帰る理由もないんでしょ」

「なんかミコに言われると腹が立つわね」

言うほど腹を立てているようには見えない。

「一緒に手伝ってかない？」

「そうして手伝ったあげく、また妙なトラブルに巻き込まれるんでしょ」

「そんなこと言いながら、一生懸命な同期を放っていくほどサワは薄情じゃないものね」

美琴の応答に、京子は大げさにため息をついた。それからいつにもまして鮮烈に染めた赤い髪をかき上げて、

「一時間だけよ。デイルームの方、手伝っておくわ」

持つべきものは友だと、美琴は実感するのである。


〝口から物が食べられなくなったら、それが人間の寿命である。そういう昔からの常識を大きく変えたのは『胃瘻』という医療器具です〟

その言葉は、美琴が学生時代に教わった栄養学の先生が告げたものである。

もう何年も前のことだ。

昔は食べられなくなったらおしまいだと言われていたが、比較的簡便に胃瘻が作れるようになってから、患者たちの栄養状態は劇的に改善した。

〝胃瘻のおかげで、医療現場は新しい段階に進んでいます〟

『夢の医療器具』だとまでは言わなかったが、誇らしげに胃瘻について語る先生の姿はまさにそん

なニュアンスを含んでいたように思う。

しかし、と美琴は３０６号室を見渡した。

四人部屋の病室の三人までが胃瘻の患者である。つまりは食事のこの時間、茶色い液体の入ったボトルがぶらさがり、そこから伸びたチューブがおなかにつながっている。三人ともが寝たきりで三人ともが動かない。ときどき鼾《いびき》のような呼吸音が聞こえてくるくらいで、見守っているとどこか薄ら寒い心地がしてくる。

皆、十分に血色がよく、いくらか太っていると言ってもよいくらいの体格なのは、良好な栄養状態が確保されているためだが、心地の良い景色とは言いにくい。

「新しい段階ね……」

いくらか皮肉めいた口調でつぶやきながら、美琴は嚥下食Ⅲと書かれたお椀《わん》を手に取った。

目の前のリクライニングを起こしたベッドには、皺《しわ》だらけの小さなおばあさんがもたれている。

内田さとさん、九十二歳の女性で、３０６号室の中で唯一口から食事を摂《と》れている患者だ。

口からといっても、脳梗塞の後遺症と認知症の影響で自分で食事を摂ることはもちろん会話もできない。ただ美琴が重湯をすくったスプーンで唇に触れると、なんとなく口を開けてくれる。

入院したのは誤嚥性肺炎によるものだが、現在は肺炎も改善し食事を再開しているところだ。飲み込む力がかなり低下しているから、普通の食事だとたちまち喉《のど》に詰まらせてしまう。こういう患者には嚥下食という、誤嚥しにくい形に調理された食事が出されるのだが、内田さんの場合は、その中でもひときわ厳重に管理された液体状のものにトロみがついた内容が出されている。お世辞にもおいしそうとは言えないが、それでも口から食べていることは事実である。

スプーンを内田さんの口元に持っていく。すると内田さんは目を閉じたまま皺だらけの口を開く。そこにそっと流し込むと再び口を閉じ、もぐもぐとやってから時間をかけてゴクンとなる。飲み込むたびに揺れる頭のすぐ後ろの壁には、

『食事時、上半身の角度は45度。それ以上は起こさないで』

と書かれた張り紙がある。STからの注意事項で、さらにその下に細かな文字で、

『一口量はスプーン半分程度が限界です。飲み込んだように見えて口腔《こうくう》内に残っていることがあるので、一口ずつ飲み込めているかどうか確認してください』

STさんも大変だわ、と嘆息しつつ美琴はスプーンを運んでいく。

そうして食事介助をすすめているうちに、病室前を通りかかった夜勤の後輩看護師が美琴を見つけて、「ありがとうございます、月岡さん、替わります」と言って駆け寄ってきた。

「大丈夫なの？」

「主任も救急部から戻ってきましたから、なんとか回せそうです」

あまり大丈夫そうには見えないが、かと言ってそれを押し切るほどの理由は美琴にもない。じゃよろしく、と告げて美琴は内田さんのそばを離れた。

廊下に出てみると、パジャマ姿の壮年の男性が自分の膳を持って配膳車に返しにくるところであった。

「いつもこの時間は大変ですね、看護師さん」

落ち着いた口調でそう言った男性の名は立川健斗《たちかわけんと》。大腸憩室炎で入院中の五十二歳の患者で、今の内科病棟で二番目に若い患者だ。ちなみに最年少は十九歳の女性で、昨日過換気症候群で入院し

たのだが、明日には退院予定だから、明後日には内科病棟の最年少になるはずだ。

美琴はお膳を受け取りながら、会釈を返した。

「わざわざ持ってきてもらってすいません。まだ痛みますか？」

「なに、ずいぶん良くなりましたよ。これも皆さんのおかげです」

気さくな立川さんは、笑うとずいぶん愛嬌《あいきょう》のある顔になる。

「看護師さんたちもお疲れ様です」

そんな単純な一言が、意外なほど温かく胸に響いてきたのは、患者からの率直な気遣いの言葉を聞いたのが久しぶりだったからだろうか。困ったものだと苦笑しつつ立川さんの背中を見送っているうちに、ぽんと肩をたたかれて美琴は振り返った。

「若い研修医を捕まえたと思ったら、今度はナイスミドルにご興味が？」

いわずと知れた赤い髪の同期である。京子は目の上に手をかざしながら、立川さんの背中を眺めている。

「まあたしかに、ちょっとおなかが出てることを除けば、立川さんは私のストライクゾーンに入るわ。なによりお金も持ってそうだし」

「ならバッターボックスはサワにゆずるわよ」

「いいわよね、ミコは。たいしたバッティング練習もしていないのに、勝手にボールの方が飛んできてくれるんだもの」

「言っとくけどね」

美琴はステーションに向けて歩き出しながら続ける。

「桂先生とはまだご飯に二、三回行っただけよ。ろくに時間も取れていないんだから」

「あんたバカ？」

遠慮のない一声が夕食時の廊下に響く。

「だって初めて先生にデートに誘ってもらったのって先月のことでしょ。半月もたって、まだご宿泊もないの？」

「声が大きいわよ」

「少しくらい大きくなるわよ。せっかくとびきり上等のカモがネギ背負《しょ》って自分から食卓の皿に寝転んでくれてるのに、あんたってば醬油《しょうゆ》かけただけで箸《はし》もつけずにじっと眺めているなんて」

「どういう喩《たと》えよ。そんなことよりデイルームは大丈夫なの？」

「おおかた食事は終了よ。今は半崎が見てくれてるわ」

ちょうどステーションの向かい側にあるデイルームの前まで戻ってきたところだ。

デイルームにはテレビを囲んだお年寄りたちが七、八人。京子の言う通り、おおむね食事は終わったらしく、半崎美奈がまだ不慣れな手つきながら、一生懸命に後片付けをしている。

先日は患者の転倒の件でいろいろ注意を受けたようだが、半崎はけして能力の低い新人ではないと美琴は思っている。いくらか口下手で愛嬌には欠けているものの、真面目で懸命で、むしろ一年目の看護師たちの中では頼れるスタッフだ。

「十分働いたんだから、もう帰るわよ。ミコだって桂先生が待ってるんじゃないの？」

待っていてくれればいいだろうに、と美琴は胸中で軽く嘆息する。

あの生真面目な研修医は、整形外科に移ってからも深夜まで病棟を駆け回っている。無精ひげをのばしたまま、生真面目な顔で電子カルテを睨みつけている桂を思い起こして、美琴はため息をついた。ため息をつきつつ苦笑してしまうのは、そういう桂の姿が嫌いではない自分がいることも自覚しているからだ。

「矛盾だわ……」

もう一度息を吐いて歩き出そうとしたところで、美琴は視界の片隅に引っかかるものを感じて足を止めた。

一瞬なにが気になったのか自分でもわからず、辺りを一通り見回す。

ステーションの中では夜勤の看護師が点滴の準備をしている。廊下に視線を転じれば大きな配膳車が止まっており、さらに見回せばお年寄りたちの集まっているデイルームが見える。デイルームのテレビでは何人か並んだ落語家たちがさかんに声を張り上げて笑いをさそっているが、それを眺めている高齢の患者たちには、なんのリアクションもない。

すべてが見慣れた景色である中で、一番隅の車椅子に座っていた白髪の老人の背中が目に留まった。藍色の丹前を粋に着こなした小柄なおじいさんの姿がそこにあるのは、いつものことである。だからその白い頭が小さく痙攣《けいれん》するように震えていることに美琴が気付いたのは、ほとんど偶然の産物だったろう。

美琴ははじかれたように駆け出していた。

気配を察した京子は、わずかに怪訝《けげん》な顔を見せたが、それでもすぐに身をひるがえして戻ってくる。

美琴が車椅子に駆け寄って覗き込むと、右手にスプーンを持ったままの山口さんが、焦点の合わないままの目を天井にむけて、小刻みに揺れていた。明らかに唇の色が悪く、その青い口元の端からトロみのついたお粥が糸を引いて丹前の胸元にこぼれ落ちた。

呼吸が、ない。

「コードブルー！」

美琴は、反射的に声を張り上げていた。

窒息だった。

「患者は山口今朝五郎《けさごろう》さん、八十歳、男性です」

薄暗い会議室に、和田師長の冷ややかな声が響き渡った。

普段から冷ややかな声は、いつもより温度がさらに三度くらいは低下して、静かな会議室に猛烈なブリザードが吹き荒れている。

正面のスクリーンには患者の電子カルテが表示されており、それをコの字に囲む形で正面に内科部長の三島と患者の主治医の谷崎が座り、右側に病棟師長の和田と主任の大滝が、左側に美琴と京子と半崎美奈が席についている。

いつもなら、こういう格式ばった会議室でも足を組んで面倒くさそうな様子をまったく隠さない京子も、今日はさすがに不機嫌な顔で大人しく足をそろえて座っている。それも当然だ。

「今回の最大の問題は」とさらに冷ややかな声が聞こえた。

「誤嚥した山口さんが、その後の心肺蘇生《そせい》にも拘《かか》わらず亡くなったことです」

京子の隣に座っている半崎の肩が小さく震えたように見えた。

「亡くなったのは、今朝午前四時二十五分。夕食の誤嚥から約十時間後。死因は窒息後の呼吸不全です」

和田師長はそこで一度、自分の吐き出した猛吹雪の威力を確認するように言葉を切り、わずかの沈黙を置いて付け加えた。

「院内での誤嚥による窒息です。しかもデイルーム内には食事介助の看護師がいながらの急変死亡です。病棟の管理責任を問われる可能性があります」

美琴もさすがに背筋に冷たいものが流れるのを自覚した。

管理責任などとわかりにくいことを言っているが、要するに当時現場にいた看護師の責任の話をしているのだ。当事者が半崎とはいえ、新人の彼女がすべての責任を負うことにはならない。自然、その上に矛先が向いてくるということであろう。

十分に暖房が効いているはずの会議室がずいぶん薄ら寒く、桂と歩いた夜道の方がずっと過ごしやすかったような気がしてくる。

「わかりました」と沈黙をやぶって低い声を響かせたのは、内科部長の三島だ。

今回の急変は内科病棟での出来事であるから、最終的な責任者は三島ということになる。

内科のみならず病院そのものの大黒柱である『小さな巨人』は、患者の経過が示された正面のスクリーンを見つめながら語を継いだ。

「院内で起きた予期せぬ急変です。管理責任の問題は措《お》いて、まずは、何らかの対策を立てていれば回避できた事例であったのかを、検証しなければなりません」

巨人はゆったりと隣席に視線をめぐらす。

「主治医の谷崎先生の意見は？」

問われたのは循環器内科の谷崎である。

こちらも三島ほどではないにしても年配のベテランである。

問われた谷崎は、眉ひとつ動かさずにあっさりと応じた。

「管理責任などありませんよ。ただの寿命です」

まことに平然たる口調であった。

和田師長の眉がぴくりと震えたような気がして、思わず美琴は師長に目を向けたが、もちろん薄暗がりの会議室でそこまで見えるはずもない。少なくとも遠目には、和田師長は口元で両手を組んだまま、冷ややかな目を谷崎に向けているだけだ。

「年をとって飲み込む力が落ちていた人が、物を詰まらせたんです。寿命以外の何ものでもない」

「しかしそういうトラブルを未然に防ぐために看護師がついているのですよ、谷崎先生」

「だとしても寿命は寿命です。こんなことで看護師たちの責任を論じていたら、人が死ぬたびに誰かが責任をとって、一か月もすれば病棟からスタッフがひとりもいなくなります」

「谷崎先生」

抑えかねたように和田師長が語調を強くした。

「私は看護師に責任があるとは一言も言っておりません」

「しかしあなたの発言を聞かされると、現場にいた看護師たちはいたたまれない気持ちになるでしような」

谷崎の微妙なニュアンスを持った発言に、和田はさすがに口をつぐんだ。

谷崎は院内では『死神』などとあだ名されている独特の人物だ。見た目は穏やかでも言動は苛烈《かれつ》で、しばしば患者や患者の家族とぶつかることもある。

看護師の立場から見るとあまり職場をともにしたくない医師であるが、こういう発言は美琴も予想していなかった。

「いずれにしても」と和田師長が再び口を開く。

「三島先生もおっしゃったように、今は責任の話ではなく検証することが優先です。そういう観点からご意見をうかがってもよろしいですか？」

氷点下の声がいくらか勢いを失っているようにも聞こえる。

病院の誇るA級ブリザードも、死神が相手になると分が悪いらしい。当の死神本人は格別の感興も覚えていない様子で応じた。

「患者の肺炎はすでに治っていました。食事についてもSTの指導が入っており、食事内容も検討された結果の嚥下食が出ています。ほかに打てる手はありません。それでも窒息をなんとかしろと言うのであれば、あとはもう誰かがつきっきりで食事中の患者の口の中を睨みつけているしかないでしょう」

谷崎の言動はお世辞にも穏当とは言い難い。感情的にはもう少し言い方がなんとかならないのかと美琴は思うのだが、穏当でないからといって、的外れなことを言っているわけではない。

「谷崎先生って好きにはなれないけど、心強いこと言ってくれるのね」

予想外の援護射撃に京子も驚いたようにささやいた。

「ある意味、現場の私たちが言いたくても言えない言葉を、口にしてくれてる」

小さくそう付け加えた。

その隣では、半崎がほとんど涙目になりながら、はらはらと事の成り行きを見守っている。見守ってはいるものの、彼女の場合は内容の半分も頭に入っていないに違いない。美琴ですら、まだ山口さんの朗らかな笑顔と急変した事実が結び付いていないくらいだ。

「およその状況はわかりました」

三島の低い声が響き、谷崎と和田は同時に口を閉じた。

「大きな問題がなければよいでしょうが、昨日の今日ですべての結論を出すのは早急に過ぎるというものです。引き続き検証を続けていくことにします」

当面は、と三島は和田師長に目を向けた。

「ご家族の心理面での受け入れ状況です。ご家族の様子は？」

「そちらは大丈夫だと思います」

無感動な声で和田が応じる。

「山口さんが亡くなってすぐ、娘さんには主治医の谷崎先生からの説明がなされています。念のためそのあと看護サイドからも、主任の大滝とリーダーの月岡が説明を補足しました。娘さんの反応は落ち着いたものでした」

三島は卓上の書類を手に取ってうなずいた。

「ご苦労様です」

息の詰まるような会議が、とりあえず終わった。

雨が降っている。

しとしとと、音が聞こえるわけではないが、いかにも体の芯《しん》まで冷えてきそうな、細く冷たく陰《いん》鬱《うつ》な雨だ。すでにすっかり日は暮れて、街灯の下に針のようにきらめく小雨は、見ているだけで心細くなってくる。

美琴は明かりを落とした職員食堂の窓際で、しばし身じろぎもしなかった。

昼間は多くの職員でごった返す食堂は、食事時間が終わるとともにカウンターにシャッターが下りて殺風景になる。それでも自動販売機などが並んでいるから、部屋自体は開放されていて、職員のちょっとした休憩所として使われているのだが、さすがに夜七時をまわったこの時刻に人はいない。

つい先ほどまで、半崎と二人でリンゴジュースを飲んでいたところだ。

一年目の半崎は、昨夜の急変から今朝の看取《みと》り、そして日中の会議と波乱の一日を徹夜で過ごしていた。そのあとげっそりとした顔のまま更衣室の隅に座り込んでいた彼女を、美琴が見つけてここに連れ出してきたのである。

〝すいません〟と頭をさげる新人の姿は痛ましいほどであったが、美琴はとりあえず先輩として励ますしかない。

〝そんなに謝ることないわよ。谷崎先生も言っていたでしょ。何か間違いがあったわけじゃないの〟

言っているそばから、半崎はぽろぽろと涙をこぼしはじめる。

〝本当にすいません。私がもっとしっかりしていれば山口さんは亡くならずに済んでいたのかもしれません。もっとちゃんと見ていて、もう少し早く気づいていれば……〟

〝そうして山口さんを一生懸命見ている間に、隣の小島《こじま》さんが誤嚥するのを見逃したかもしれないわ〟

美琴の声に、半崎はびくっと肩を震わせる。

〝高齢の患者さんたちを看るってそういうことでしょ〟

〝それじゃあ、どうすればいいんですか〟

半崎の問いかけは、涙と鼻水でくぐもって聞こえた。

〝私、あれからもう怖くて、病棟に近づきたくなくて……〟

そのまままた泣き出す半崎の姿に、美琴もさすがに返す言葉がなかったのである。

半崎を送り出したあと、窓外は少し雨脚が強まったようだった。

同時に、二度ばかり気温が下がったように感じたのは、美琴の気の持ちようであろうか。初冬の雨というのは、こんなに寒々しいものだったかと、美琴は妙な感慨を覚えて目を細めた。

「お席は空いていますか？」

ふいに降ってきた声に、美琴は我に返って顔をあげた。

すぐ目の前に見えたのは、くたびれた研修医の控えめな笑顔だった。

二度ほど瞬《まばた》きをしたままびっくりしている美琴を、桂はおかしそうに見下ろしながら、

「空いてますか？　今日の食堂はずいぶん混んでいるもので」

美琴の前の席を示してそんなことを言う。

美琴はとりあえず肩をすくめてから、

「ほかがいっぱいなら仕方ないわ、どうぞ」

「ありがとうございます」と大げさに頭をさげた桂は、持っていた二つのコーヒーカップの片方を美琴の前に置いた。

陰鬱きわまりないはずの空気が少しだけ和んだような気がして、美琴は思わず知らず肩の力を抜いていた。

「お忙しい整形外科の先生が、こんなところでのんびり休憩？」

「聞いたよ、急変の話。大変だったって」

「デートには全然誘ってくれないのに、こういうときはすぐに駆けつけて来られるのね」

いつもの切れ味を取り戻した美琴の言葉に、桂は困惑気味に首を傾げる。なんと答えたものか、一生懸命に考えているその様子が、美琴の心の緊張を解きほぐし、いつのまにか微笑を誘ってくれる。

「いいわ。こうしてわざわざ来てくれたってことは、それなりに心配してくれてるってことだと思うから」

「それなりじゃないよ。ちゃんと心配してる」

それに、と桂は雨の降りしきる窓外に目を向ける。

「亡くなった患者さんは、僕もよく知っている人だったから」

美琴は一瞬間をおいて小さくうなずいた。

「ごめん、せっかく預かった患者さんだったのに」

「謝ることじゃないよ。山口さんは食べることがすごく好きな人だったんだ。あの人らしいと言えばあの人らしい逝き方だと思う」

美琴は胸の奥をとんと突かれたような気がして、顔を上げた。

そんなふうに、美琴は考えもしなかったのだ。

たしかに、誤嚥の可能性があるからと食事を止められ、点滴や胃瘻で横たわっているより、食事を楽しみながら突然旅立った逝き方は、いかにも山口さんらしいと思う。

「なんだか、素敵な考え方ね」

美琴は小さく笑ってから、手元のコーヒーカップに口をつけた。

もちろんそんな考え方が、すべてを解決してくれるわけではない。ただの気休めや自己満足だと言われればそれまでだ。半崎の心の負担は大きなものだし、なにより急変を知らされた家族が同じように受け入れられると考えるのは、あまりに勝手というものだろう。

ただ、こんな時だからこそ、美琴までが半崎と一緒になって不安に震え、泣き崩れているわけにはいかない。その意味で、桂の言葉は、美琴の心を支えてくれる確かな温かさを持っている。

ふいにざあっと重い音が辺りを埋めたのは、窓外の雨が一層勢いを増したからだ。糸のように降り注いでいた氷雨が、いつのまにか大雨になっている。

雨にけぶる病院の中庭に、黒々とわだかまるのは躑躅《つつじ》の植え込みか。遠目には、なにか得体の知れない生き物が並んでうずくまっているように見える。

「冬って、花が咲かないのね……」

美琴の声が雨音の中に溶けていった。


美琴の朝は枕元の目覚まし時計を睨みつけるところから始まる。

朝六時。それも信州の初冬の朝六時は、なかなか過酷である。

信州では秋は短く、冬の訪れが驚くほど速い。先日までたわわな実を下げていた柿の木は、いつのまにかすっかり葉を落として冬支度に余念がなく、秋の収穫の片づけを終えるより先に、庭先の畑には霜が降りてくる。寒気はまたたくまにこの地を覆うため、体感温度は実際の気温よりさらに低くなるのである。

おまけに山口さんが亡くなってから一週間、病棟の雰囲気はどことなくいびつな緊張とわだかまりを含んでいて落ち着かない。半崎美奈はなんとか出勤してきてはいるものの、食事介助から外れているだけでなく、ささいなことでびくびくしている様子が傍目にも明らかで痛々しいくらいだ。

美琴にとっては、例年以上に空気が冷たく感じる毎日なのである。

美琴は冷気の中で布団にくるまったまま、時計を睨みつけた。懸命に睨みつければ時計も恐れをなしてしばらくは時間が止まってくれるのではないかと思うのだが、無論寝ぼけた頭での妄想に過ぎない。

じき、母親の声が聞こえてくればさすがに布団から出ざるを得ないから、手早く着替えて二階の自室を出、一階のダイニングに顔を出すと、母親がすっかり朝食の準備をしてくれている。

「よくまあ毎日懲りずにぎりぎりまで寝ているものね」

呆れ顔の母親に美琴は肩をすくめつつ食卓につく。バターをたっぷり塗った食パンが置かれたパン皿の向こうに、小さな鉢に咲いた華やかな赤い花がある。

席についたまま、なんとなく眺めやると、

「ポインセチアよ」

涼し気な声が降ってきた。

母は背を向けたままコーヒーポットを温めている。

「あなたこの前病院から帰ってきたとき、冬には花がないとかなんとかって言ってたでしょ。ちゃんと冬に咲く花もあるのよ。ポインセチアはその代表」

へぇと美琴は新鮮な驚きを覚えた。

鉢からあふれ出るような大きな花びらと鮮やかな赤は、真冬の花とは思えないほど力強くあでやかだ。

「ポインセチアね」

「本当は花にみえるその赤いところは葉っぱで、真ん中の黄色い小さいのが花」

「へえ……」

「花への興味がちゃんと続いているってことは、例の花屋の彼氏さんとは続いていると思っていいのね？」

背を向けたまま、こぽこぽとカップにお湯を注ぎながら母が急なことを言う。

美琴はちょっと戸惑いつつも、「まあね」とあいまいな応答だ。

〝花屋の彼氏さん〟の正体が医師だと聞いたら、この落ち着き払った母でもさすがに驚くだろうな、と美琴は心のうちで妙なことを想像した。

「それからポインセチアも彼氏もいいけど、一番は健康よ。ここのところ帰りが遅いし食事は不規則。それじゃもたないわ。お母さんが用意した朝ご飯くらいはしっかり食べなさい」

言うなり食パンの隣に、ゆで卵とベーコンとたっぷりのサラダが載ったお盆が置かれた。

「朝からこんなに食べられないわ」

「食べるのもあなたの仕事」

とんと、コーヒーカップをお盆の横に置きながら、

「お母さんには、ミコが病院でかかえている難しい問題を解決してあげることはできないんだから、これくらいは世話させなさい」

言うだけ言って、鼻歌まじりにキッチンを出て行った。

すぐに「おとーさん、朝ご飯よ」と二階に向けて叫ぶ声が聞こえてくる。

しばし目の前のポインセチアを眺めていた美琴は、ややあって大きく息を吐きだした。

やっぱり母にはかなわない。

それから、フォークを手に取って朝のごちそうに取り掛かったのである。


「いろいろお世話になりました」

スタッフステーションの前で深々と頭をさげたのは、憩室炎で入院していた立川さんだ。十日あまりの入院を経て、少しだけやせた様子があるが、人懐こい笑顔は変わらない。冬の朝の透明な陽

射しを受けて、より一層晴れやかに見える。

「ようやく退院ですね」

カウンター越しに美琴が応じると、立川さんは大きくうなずいてみせる。

「元気になりました。三島先生からは再発することもあると言われましたが、まずは無事退院です。これも皆さんのおかげです」

話しているうちにも通りかかった看護師たちが集まってくるのは、礼儀や接遇のためだけではない。こうして明るい声でお礼の言葉を口にし、自らの足で退院していく患者の姿が、看護師たちにとっても最も嬉《うれ》しい景色なのである。

医療の原点と言ってしまえば誤解を招くかもしれない。けれども潑剌《はつらつ》とした足取りで病棟を出ていく立川さんの後ろ姿が、美琴の心の内側に爽《さわ》やかな風をもたらしてくれることも事実である。

立川さんを乗せたエレベーターの扉が閉まる。閉まった途端にどこからともなく点滴ポンプのアラームが聞こえてくる。一瞬で多忙な日常が戻ってくるということだ。

気持ちを切り替えるべく足早に病棟廊下を歩きだした美琴は、音を頼りに306号室に駆けつけた。

日の当たる窓際に、リクライニングを起こしたベッドにもたれた内田さんの姿がある。点滴の閉塞アラームは内田さんのものであった。

いつもなら朝食のこの時間、嚥下食Ⅲと書かれた椀が置かれている白いオーバーテーブルの上には今は何もなく、その横に大きな500ccの点滴バッグがぶらさがっている。

山口さんの一件があってから、誤嚥のリスクが高いと判断された患者は一旦《いったん》食事が中止にされているのだ。ここで二度目のトラブルは避けたいという病院上層部の判断で、内田さんはまさにその影響をまともに受けている。

安全のためと言われればそれまでだが、食事を止めたからといって、嚥下力が向上するわけではない。むしろこうしている間にもさらに飲み込む力は落ちていく。それでも急変が続くのを回避することが、病院にとっての最優先事項なのだろう。

どこかに何か引っかかるものを美琴は感じてしまう。しかし、感じたところで状況は何も変わらないから、黙って点滴のミルキングをしてポンプをつなぎなおすだけである。

手早く処置をしているうちに、ふいに内田さんが大きな口を開けて、美琴は驚いた。

目は閉じたまま、手足も動かさず、ただ皺だらけの大きな口が開いている。無論誰かがスプーンを持ってきてくれるわけではない。しばらくそのまま大きな口でいたが、やがてゆっくりとそれを閉じ、また動かなくなった。

「おなかすきました？」

美琴が小さく問いかけると、気のせいか内田さんはかすかにうなずいたように見えた。


「お金？」

京子の話した唐突な内容に、美琴は蟹玉をすくいあげたまま、いくらか裏返った声を発していた。

いつもの中華料理屋『万福』でのことである。

「お金ってどういうこと？」

「詳しいことは知らないわ。ただ大滝主任から、〝明日の緊急症例検討会の前に心の準備しときなさい〟って夕方にこっそり言われたの。ミコにも伝えておけってね」

〝緊急症例検討会〟などと仰々しい名前がついているが、要するに山口さんに関するその後の経過と今後の方針を話し合うため、関係者が一堂に集まる会議だ。

「この前の簡単な検討会と違って、今度は『事なかれの遠藤』も出席するって」

「院長先生でしょ」

美琴がわざわざ訂正する。

『万福』は病院のスタッフもよく使う店であるから、微妙に発言には気をつけねばならない。すぐそばのカウンターで一人で飲んでいる中年男性が事務局長である、などというオチがあり得る店なのだ。

「それより山口さんの件でお金の話が出ているってどういうことよ。そんな話なにも聞いていないわ」

美琴が懸命に声音を落として問う。

「今回の件、病院として謝罪して慰謝料を払うってことよ」

「どうしてよ。訴訟になってるの？」

「そうじゃないみたい。というかそうならないために先手を打った方がいいんじゃないかって話らしいわ」

「だって山口さんの娘さんってそんなこと言いそうな様子に見えなかったわ。亡くなった朝も、驚いてはいたけれど病院の責任をどうとかって……」

「詳しいことは知らないのよ。ただ何かの風向きが変わったらしいわ。そして病院としては医療訴訟だけは避けたいってことよ。病院にとっては訴訟自体が大ダメージになるでしょ。勝っても負けてもとにかく大幅なイメージダウン。それだったら事が大きくなる前に先に謝罪してお金払っちゃうって話」

美琴のグラスを持つ手に力が入った。グラスと言っても中身はビールではない。純然たるノンアルコールビールだ。山口さんの件が落ち着くまではアルコールなし、という点は、美琴と京子の暗黙の了解となっている。

それにしても、と美琴は穏やかならざるものを胸の内に感じた。

山口さんが亡くなった朝のことは美琴も覚えている。娘さんという女性は少し神経質そうではあったが、落ち着いた態度の初老の女性であった。主任の大滝とともに説明をしたが、少なくとも不信感を持っている様子ではなかったのだ。

どういう流れでそんな急展開になったのか……。

「その話、半崎は知っているの？」

「まさか。〝結局あんたのミスで山口さんが死んだことになったから、病院が大枚叩《はた》いて隠蔽《いんぺい》してくれることになったよ〟とでも言えばいいの？　たぶんあいつ卒倒するわよ」

美琴は絶句した。と同時に腹の中に静かに煮えたぎるものを感じてきた。

「ミスじゃないでしょ」

「ミスじゃないわよ。でも私たちがミスじゃないと思っても、家族がどう思うかは別でしょ」

「その件、谷崎先生は何も言っていないの？　看護師のミスじゃないって言ってくれていたじゃない」

「経営に関する話は別だって」

ぶすりと箸で餃子《ぎょうざ》を突き刺して京子は言う。

「医療的な問題なら発言はできるけど、経営とか政治的駆け引きとかって話なら、自分の専門外だから言うべきことはないって態度らしいわ。まあ死神らしいっちゃ、死神らしいわね」

要するに、ミスではない、けれども物事がシンプルに決着するなら、金を払えばよいということか。

「バカにしてるわ」

吐き出した言葉は、美琴自身が驚くほど強い語気をはらんでいた。

何もかも納得できない話である。

なによりこれだけ大きく状況が変わったのなら、一件に関わっている美琴たちにも何か連絡があってしかるべきだろう。当時現場にいた美琴たちには何も伝えられず、一方的に上層部が物事をすすめているというそれだけでも穏やかではない。

しかし京子は意外なほど動じなかった。

グラスを握りつぶさんばかりの赤い顔の美琴を眺めながら言う。

「そういうあんたの反応を心配したから、主任は先に情報をリークしてくれたのよ」

「じゃあそのろくでもない情報に、ありがとうございましたと感謝すればいいの？」

「感謝して、気持ちを整理して、あとは沈黙する。どうせ下っ端の私たちの言うことなんて届きはしないんだから」

美琴はぐっと同期を睨みつける。

「髪の色は派手なわりに、言うことが地味じゃない」

「毒吐いてるわよ。それもミコには不似合いな猛毒だわ」

京子は箸で突き刺したままであった餃子を、自分の皿ではなく美琴の皿に載せた。

「食べなさいよ」

「食べる気になんてならないわ」

「ばかね……」

京子がまたぶすりと次の餃子を突き刺した。

「食べなきゃやってられないのよ」


病院旧館、第三会議室。

それは、玄関から最も遠い病院の一番奥にある窓のない小さな会議室だ。その立地、構造、雰囲気のすべてが、透明性とか公開性という言葉から程遠く、実際用途もそういう言葉とは縁遠い。

そこで取り上げられる議題は、病院の経営状況、医療訴訟、中核人事といった事柄で、つまりは今回のような症例を論じる場所として最適ということになる。

美琴がそこを訪れるのは初めてであり、当然ながら気分は憂鬱この上ない。せいぜい同期の京子が一緒であることが気休めといった程度である。

夜八時、定刻となった時点で、内科部長の三島が口を開いた。

「では、緊急症例検討会を始めます」

低い声が会議室では妙に反響する。明かりも別に他の部屋とは変わらないはずだが、なんとなく薄暗い気がするのは気持ちの問題であろう。

第三会議室にはスクリーンはなく、資料はすべて紙で配られている。

四角に並べられた机の、正面の席に遠藤院長がおり、その右手に内科部長の三島、左手に事務局長の泉《いずみ》の三人が座っている。左側には和田師長と大滝主任が腰かけ、右側の列には主治医たる谷崎に並んで、整形外科入院時の主治医であった志賀と桂もそろっていた。桂の存在に美琴はいくらか戸惑ったが、冷静に考えれば当然であろう。

そんな中で、美琴と京子と半崎の三人は、院長と向かい合うように座っている。いやが上にも圧迫感を覚えざるを得ない。

議題は、あらかじめ決められていたようで、格別美琴たちに発言が回ることもなく進んでいった。

山口さんの全体経過、嚥下機能の状況、そして食事中の窒息と急変から死亡に至るまで。

そして、山口さんが亡くなって数日したあと、突然家族からもう一度経過について説明してもらいたいという要望があり、主治医の谷崎と病棟主任の大滝が応じたものの、家族の態度は退院時とは甚だしく異なるものであったという事実が伝えられた。

「甚だしく異なる、というのは？」

問うたのは院長の隣に座っていた三島である。

大滝が大きな肩を動かしながら説明した。

「退院前の患者が、食事中に窒息して亡くなるというのは、病院の医療ミスではないかとの指摘がありました。しっかりとした説明と謝罪がなければ、それなりの手段も考慮しますとのことです」

かすかに会議室の空気がざわつく。それを制するように三島が問う。

「当初患者のご家族は、理解を示してくれていたと聞いていましたが、これだけ大きく事態が変わったのはどういうことですか？」

「今回、ご家族の代表として病院に来られたのは、山口さんの娘さんの夫の弟という方です」

一瞬会議室が沈黙に包まれた。皆、その複雑な家系図をすぐには描けなかったのだ。

大滝が控えめに追加した。

「つまり患者さんから見ると義理の息子さんのご兄弟ということになります」

「それはまたずいぶん遠く離れたご家族ですねぇ」

いくらかのんびりとした調子で口を開いたのは、大滝の斜め前に座っていた事務局長の泉である。白髪痩身《そうしん》でひょろりとしたつかみどころのない人物が、卓上の書類をペンでつつきながら続けた。

「こういうときにキーになってくる相手は、患者本人から遠い関係にあるご親戚《しんせき》であることが多いですね。身近な家族は落ち着いているのに、遠い親戚筋の方が納得してくれないことが多い。最近の患者の様子を知らなかったために、患者が急変したことが、より受け入れられにくいという状況でしょう」

緊張感のない口調の割に、発言内容は冷静で遠慮がない。おまけに年齢と経験のなせる業か、言葉に重みがある。大滝もうなずきながら続ける。

「このご親戚に対して二度にわたって説明会を開きましたが、正直最初から一方的な謝罪を要求する態度が目立ち、状況は改善していません」

今さらながら美琴たちは水面下の経過を知らされた形である。それだけでも腹立たしいことだが、無論集まった病院の幹部たちが気にするはずもない。

「そこでいろいろ検討を重ねたわけです」

泉局長が手元の書類を手に取って、ぱらりとめくりつつ、

「院長や三島先生とも話し合ってきましたが、話がこじれてしまう前に、院長ともども頭をさげてしまった方が、ご家族の受け入れも良いのではないかという結論です。もちろん裁判にしないことを最低条件として呑《の》んでいただき、こちらからはいくらかの見舞い金を添えれば、おそらく落着するのではないかと考えています」

美琴はなにか、めまいのような感覚を覚えた。

実にあっさりとした調子で話されているが、その内容は尋常ならざるものである。

尋常でないにも拘わらず、言葉のひとつひとつは、実に慎重に穏当なものが選ばれていて、注意深く耳を傾けていないとするりと物事が流れ過ぎて行ってしまうような感がある。

「見舞い金となると」と口を開いたのは、死神の谷崎だ。

「どれくらいを想定しているんですか、局長」

「まあなかなか難しいところで、過去の裁判事例などの慰謝料を見ると本当に病院側がミスを認めた場合は一本から二本を払っているところもありますが、今回はそういう状況ではありません」

「では半分？」

「いやいや、もっとわずかなものでよいと思いますよ。まあこれについては病院弁護士と慎重に協議してみますが、実際の金額としてはたいしたものにはならないでしょう」

あの、と傍らの半崎がそっと京子に話しかける声が聞こえた。

「一本、二本って何の話でしょうか？」

「一千万か二千万かってことよ」

えっ、と半崎が絶句している。

「心配しなくてもそんなに払う必要はないって話。その半分の五百万もいらなくて、もっとはるかに安くてすむでしょうってね」

京子の投げやりな返答に、しかし半崎の方はみるみる血の気が引いていく。美琴も話の内容がすべてわかっているわけではない。けれどもこの会議がどこに着地しようとしているかははっきりとわかる。

局長のあくまで淡々とした声が続く。

「主治医の谷崎先生としては、謝罪も見舞い金も納得できない部分はあるでしょうが、病院としてはこういう対応が一番傷が浅いのではないかという判断でして」

「かまいませんよ」

谷崎は特段気にした風もなく、

「医療としてミスはなかったという私の立場は一貫して変わりません。しかし病院の経営や駆け引きとしてそういう対応が安全だという判断ならどうぞ。私は経営者ではありませんから」

「申し訳ないですねぇ。実際、訴訟になればそれだけで病院は厳しい状況に置かれます。仮に裁判に勝ったところでイメージダウンは避けられない。最近の新聞は、病院が訴えられたときと敗訴したときは大々的に報道しますが、勝訴したときはほとんど記事にしませんからね」

「そうでしょう。いまだにメディアの公平性を信じているのは、テレビ世代の老人たちだけですよ」

「その老人の数がまだまだ侮れんのです。ああ、これは現場にいる先生にわざわざ言うほどの話でもありませんか」

死神と局長が気楽な口調で、恐ろしい言葉を交わしている。

誰かが止めに入るのかと思えばそんな様子はない。

せいぜい大滝主任が、不快気に眉を寄せているだけだ。

院長は穏やかに二人を見守っているし、三島は微動だにしない。ブリザードの和田は書類に目を落としたまま動かず、整形外科の志賀に至っては我関せずの態度で目を閉じており、本当に居眠りでもしているのではないかと思えてくる。

そういった年配者たちの訳知り顔の態度のひとつひとつが、美琴の心のうちに少しずつ、しかし確実に違和感を積み上げていく。

彼らのやりとりが完全に間違っているとは思わない。そう決めつけるほどの自信家ではないつもりだ。けれども何か根本的におかしなところがある。

そっと唇をかみしめた美琴の耳に、「ミコ」と小さくささやく旧友の声が聞こえた。

「落ち着きなさいよ。あんた、なんかやらかしそうな顔してるわよ」

「わかってるわ」

わかってなどいない。わかるはずもない。

けれども会議はまるで何事もなかったように進み、遠藤院長が頃合いを見計らったように口を開いた。

「結論は固まったみたいだね」

スリーピースのスーツを自然に着こなし、いかにも紳士然とした風貌《ふうぼう》の院長は、声音もまた柔らかい。

全員の視線が、正面に集まった。

「診療部も看護部も事務局も、それぞれに言いたいことがあるだろう。しかし局長とも十分に相談した結果、この小さな病院を守っていくための最も安全で確実な選択肢としてこの方針に落ち着いた次第だ」

院長の穏やかな声が響き渡る。

どこまでも無難な言葉で、何かが歪《ゆが》んだ結論が固められていく。

皆、そのいびつな形に気づいているのか、いないのか。それとも気づかぬふりをしているのか。あの良識のある小さな巨人も、遠慮のないA級ブリザードも、不自然なくらいに黙り込んでいる。ともに内科の責任者と病棟の責任者である。様々な思いがあるはずなのに、なにも発言がない。これが空気を読むということであろうか。

「もちろん日々の診療として、患者のご家族が十分に理解してくれるように尽力することが我々の務めだが、今回はそこにたどり着けなかった。たどり着けなかった以上、その中で、ご家族のために誠意ある対応をしたいと思う」

何がおかしいのか、美琴は懸命に頭を働かせた。

現場にいた自分たちに何の相談もなく物事が決められていることか。いや、そんなことは大した問題ではない。あっさり謝罪をするのがおかしいのか。それも違う。頭をさげてご家族が安堵《あんど》するならいくらでもさげてよいと美琴は本気で思っている。ではお金の問題か。もちろんそこに納得できない部分はあるが、それが違和感の本体ではない。

言葉にするのは難しい。

けれども言葉にできることだけが大切なことではないだろう。無害な言葉の奔流に押し流されて見えなくなってしまう大事なことというものが、医療の現場にはたくさんあるはずだ。

顔をあげれば、院長が相変わらずゆるやかな声で演説している。

「特に直接診療にあたっていた谷崎先生や看護師たちには、感謝している。これからも皆で協力してより一層質の高い医療を……」

「何かおかしくありませんか」

院長の心地よい演説と対照的な激しさを持ったその声に、じっとうつむいていた志賀までふっと目を開いた。

院長は少し驚いたような顔をして、会議室をゆっくりと見回し、多くの重鎮たちの居並ぶ先に、まっすぐに背筋を伸ばして自分を見返している若い看護師の姿を認めて動きを止めた。

「月岡看護師、だったね」

よく名前まで覚えている、と美琴は感心する。

しかし感心したところで、胸の内のわだかまりが消えるわけではない。

ミコ、と慌てて袖《そで》を引いている旧友にかまわず、美琴はもう一度繰り返した。

「何かおかしいと思いませんか？」

迷いのないまっすぐな声が響いた。

突然の闖入者《ちんにゅう》に、会議室中が注目した。

「もちろん君たちにも不満があることはわかっている。けれども全体として……」

「不満とか、そういう話をしているんじゃありません」

院長の視線は穏やかではあるが、その背後に奇妙な圧迫感がある。けれども美琴はたじろがなかった。たじろぐくらいなら、最初から異議など発しなかった。

「何がおかしいのか、先生方みたいに頭の良くない私にははっきりとはわかりません。でもやっぱり何かがおかしいと思います。おかしいまま決められてしまった結論に、まるでみんな賛成しているみたいに話を進めるのは、それは嘘だと思います」

「なるほど」

なにがなるほどだよ、とつぶやいたのは、横にいた京子である。そんな虚飾のない一言が、震えだしそうになる背中をそっと支えてくれている。

「月岡看護師は、山口さんが急変したのを誰よりも早く発見してくれたスタッフです」

ふいに口を挟んだのは大滝だ。

「山口さんが朝まで持ちこたえてご家族の到着が間に合ったのは、彼女のおかげでしょう」

大きな腕を組んだ大滝が、静かな目を美琴に向けている。

そのささやかな発言が、真っ白だった美琴の頭にいくつかの言葉を生み出す時間を与えてくれた。

「山口さんはご飯を食べるのが好きな人でした」

こぼれ出た言葉は、ずいぶん唐突なものであった。

「好きで食べて、八十歳で亡くなりました。それってきっと大往生って言うんじゃないんですか？　もちろん亡くなってしまったことは哀しいことかもしれません。けれど謝罪とかお金とか、そんなものとはなんの関係もないことだと思います」

「君がそう思っても家族はそう思っていない。それが問題なんだ」

「でも家族は医療の素人で、私たちはエキスパートです」

勢いに任せて吐き出した言葉は、ある種の爽やかささえ含んで会議室を吹き抜けた。

三島が目を細め、谷崎が身じろぎし、志賀が瞬きし、院長もいくらか表情を改めた。

「エキスパートなら、エキスパートとして責任をもって事実を説明するのが私たちの義務じゃないですか。医療にもできることとできないことがあって、人は家にいても病院にいても亡くなるときは亡くなるんだときっちり説明するのが、私たち医療者の義務じゃないですか。その義務を放棄して、なんとなく丸く収めようとしているから、おかしくなるんだと思います。いくら家族のためとか、病院のためとか言っても、どこかに嘘があるんです」

流暢《りゅうちょう》とはとても言えない。

声音もときどき上ずって掠《かす》れてしまう。

それでも頭の中にあるもやもやとしたわだかまりを、一言一言、懸命に言葉に変えて吐き出していく。

そんな美琴の心のうちには、にこにこと笑ってスプーンを握っていた山口さんの姿がある。

真っ白い髪と対照的な藍色の丹前が妙に色鮮やかで、笑顔はもっと鮮やかだ。山口さんはそれほど長く内科にいたわけではない。けれどもこぼしながら一生懸命にご飯を食べていた様子は、今でも良く覚えている。

「私たちは責任をもって山口さんを看取りました。看取った私たちがこんな話をしていては、亡くなった山口さんに対して失礼だと思います」

吐き出された言葉の数々が、会議室に響き渡って消えていった。

あとに残ったのは、水を打ったような沈黙だ。

誰もが身じろぎもせず、静寂の中にある。

美琴が、興奮のおさまりきらぬまま周りを見回すと、微笑している大滝を見つけた。その隣では、ブリザードの和田が驚いた顔をしている。そんな師長を見たのは初めてだ。

小さな巨人が細めた目をじっと美琴に向けている。志賀は興味深そうに美琴を眺めており、局長は面白そうに笑っている。

もう、傍らの旧友も、美琴の袖を引っ張ったりはしていなかった。

「失礼、ね……なるほど」

いくらか思案顔でつぶやいたのは谷崎である。悠々たる大河に、一石を投じる一言だが、所詮《しょせん》一石に過ぎない。流れが変わるわけではない。

わずかな沈黙をはさんで、三島が低い声を響かせた。

「お金以外の解決策は本当にありませんか？」

小さな巨人の不意の問いかけは、谷崎のつぶやきよりは大きな存在感を持っていた。

局長は書類をペン先でつつきながら、

「まあ、こちらは先手を打とうとしているだけで、訴訟になると決まっているわけではありません。

ただ今後の展開が読みにくくなり、その分だけリスクは高くなりますな」

「リスクですか……」

「それも回避できる予定のリスクです。まあ現場の看護師さんの気持ちもわかりますが、今回の選択は病院を守り、かつ患者のご家族の気持ちもなだめることができる。そういう意味ではそう非難すべき選択ではないんですよ」

局長は相変わらずの苦笑だ。

「敢《あ》えてリスクのある選択をするなら、それなりの理由が必要です。亡くなった患者に失礼だから、という理由はいささか……」

のんびりとした口調ながら、やはり的確な指摘であろう。

いくらか停滞していた会議室の空気が、その発言によってまた動き出す。もとの大きな流れに向けて。

けれどももう一度その流れを押しとどめるように、別の声が響いた。

「未来のため、というのはダメですか？」

不思議な言葉に引き寄せられて一同が注目した発言者は、驚いたことに一年目の研修医であった。

一斉に皆が顔を向けたことに、桂はさすがに少したじろいだようだ。

「どういう意味かね？」

先を促したのは三島である。

桂はいくらか硬い表情のまま、それでも立ち上がって答えた。

「会議の結論が、病院のため、ご家族のため、いろいろ配慮した結果だというのはわかります。でもそうやって、謝罪して見舞い金を払って、今回の山口さんの件が落ち着いたとしても、次はどうするんですか？」

「次というのは？」

「また誰かが誤嚥したときです」

桂の声に少しだけ力がこもった。

「食事による窒息なんて、これからも絶対に起こることです。こんな前例をつくってしまえば、これからお年寄りがご飯を詰まらせるたびに、お金の話をしなければいけなくなります。それって病院にとっても患者さんにとっても不幸なことですし、なによりとても不自然なことじゃないですか。これからますます難しくなってくる医療を、我々がそんな風にいびつにしてしまってはいけないと思うんです。だから、リスクのある選択をするのに理由が必要だというのであれば、僕は言います。未来のためだと」

桂は一瞬言葉に詰まってから、すぐに続けた。

「未来のために、毅然《きぜん》とした態度で説明する。わかりにくいですか？」

卓上に突いた桂の手が小さく震えているのが、美琴にも見えた。落ち着いて見えてもよほど緊張しているのであろう。

美琴が最初に感じたのは、不思議なことを言う人だという率直な驚きであった。けれどもとても大切なことを言っているのだということがわかる。自分にはうまく説明できなかったことを、桂は懸命にすくい上げて言葉にしてくれているのだ。だからこそ、研修医を見つめていた三島の目が自分の方へ転ぜられたとき、美琴はこれ以上はないほど大きくうなずいてみせた。

再び訪れた沈黙の中で、容易に誰も口を開かなかった。

いつのまにか局長がペンで書類をつつく音も止まっていた。

なお静寂が続いたのち、ようやく動いたのは院長であった。

「局長の意見は？」

その声に、問われた方は苦笑交じりに応じる。

「私はしがない事務方ですから、この小さな病院の〝今〟を維持することで手いっぱいです。未来のためなんて高尚な話は先生方にお譲りします」

巧妙な応答で、局長は網の目をかいくぐる。

院長は視線を動かして、内科部長へ向けた。

「三島先生は、この若い意見に賛成かな」

「それほど安易に考えているわけではありません。ただもう少し結論まで時間が欲しいと思います。いけませんか？」

「なるほど」

院長はわざとらしく悩ましげな顔をつくって首を左右に振った。

「正直なところ私としては、医療の未来より、病院の未来の方が心配でね」

つぶやきながら、卓上のコップを手に取り、ゆっくりと水を飲む。飲み終えて深々とため息をつく。誰も何も発しない。

その静寂の中、院長は眉間《みけん》に指を当ててから、もう一度息を吐きだした。

「まったくひとつも心配事が減らない」

投げやりな言葉であった。

けれども投げやりなだけでは終わらせずに、院長は小さく笑ってうなずいて見せた。


暦は十二月に変わって、抜けるような快晴が続いていた。

見晴るかす北アルプスの山並みは白く染まる一方、安曇野一帯の緑も少しずつ冬色に染められていく。

田畑に降りる霜、水路の隅の氷、すっかり葉を落とした広葉樹と、黒々とした葉を頑《かたく》なに茂らせる針葉樹。そんな厳しい季節への予感をたたえた冬支度の景色も、しかし眩《まばゆ》い陽射しを受けて明るく輝いている。

その束の間の休息のような晴天の午後、美琴はちょうど桂とともに大きな一軒の農家から出てきたところであった。

「山口さんのお宅に届けてきなさい」

ブリザードの和田師長が、そう言って美琴の手に藍色の丹前を渡したのは先週のことである。

丹前は、山口さんが急変したときに着ていたもので、急変した翌朝に亡くなるという慌ただしさの中で病院に置き忘れられていたのだが、ようやくクリーニングから戻ってきたのである。

「郵送するというのも今回の場合は微妙ですし、だからと言って院長や三島先生が届けるというのも大げさです」

和田師長は紙袋に入れた丹前を差し出しながら、

「いろいろ検討した結果、あなたと桂先生に届けてもらうのが一番良いだろうということになりました」

この前の発言の責任を取れということだろうか、と美琴が思案していると、

「この前のあなたの発言とは何の関係もありません」

すかさずブリザードが冷ややかな声を吐く。

「むしろあなたであれば安心してお願いできるという判断です。最近は山口さんのご家族から特別な連絡は入っていません。引き続き説明会を開くとお伝えしても、今は不要だという返事ばかりで、病院としてもどう対応をしていいか困惑しているところもあります」

そういうことは珍しくはないのだという。

患者の家族が訴訟という言葉を口にしつつも、時間とともになんとなく立ち消えになっていく。それ自体がひとつの着地点であることも多いのだが、答えがはっきりしないということは、病院にとってとても気が休まらない。

「つまり、娘さんの様子だけでもわかればありがたいというのが本音です」

声音は相変わらず冷たいが、見返す視線にわずかな変化がある。少なくともこの病院に来てから看護師長に〝あなたであれば安心してお願いできる〟などと、お世辞にも言われたことはなかった。

「いくらか評価があがったんじゃない？」

桂のそんな台詞《せりふ》を半信半疑で聞きながら、それでも二人は病院を出発し、タクシーで十五分ほどの、小高い斜面に建てられた山口家を訪れたのである。

山口家は一言で言えば豪農であった。広大な田畑の中に建つ本瓦葺《ほんかわらぶ》きの屋敷のような建物で、大

きな石造りの門柱をくぐってから母屋までの間に、古い蔵が三つばかりも並んでいる。

先に連絡を入れていたためか、玄関先で桂が声をかけるとすぐに娘さんが姿を現した。娘さんといっても初老の婦人で、山口さんが帰っていったときに比べると、わずかに髪に白いものが増えた印象ではあるものの、そのほかに変わった様子は見えなかった。

丹前を返し、仏壇に線香を手向けて退室するとき、婦人は控えめに問うてきた。

「父は亡くなるとき、苦しかったでしょうか」と。

美琴はすぐに答えたものだ。

苦しければ何か反応があったはずなのに、山口さんは何も言わずに意識を失っていた。おそらく、苦しむ時間はほとんどなかったのではないかと。

静かに耳を傾けていた婦人は、やがてうなずいてから、「ありがとうございました」と頭をさげたのである。

それだけであった。

それだけであったのに、美琴はなにか救われたような心地がしたのである。

「まだ見送ってくれているよ」

門柱のところまで出てきたところで、桂の声が聞こえた。振り返ると、母屋の前で婦人がもう一度頭をさげている様子が見え、美琴もあわてて深く頭をさげた。

「なんか、謝罪とかお金の話なんか嘘みたい」

美琴の声に、桂もまた頷《うなず》いた。

「少なくともあの人がそんなことを言い出したわけじゃないみたいだね」

二人は並んで生垣沿いにゆっくりと歩き出す。

生垣の陰で丸くなっていた白猫が、ひょいと首をもたげ、そのまま道を渡っていった。

「ありがとう、先生」

不意の美琴の声に、桂はしかし何も言わず視線を向けただけだ。

その温かな沈黙の中で、美琴は語を継ぐ。

「あの会議のとき、先生が発言してくれなかったら、もっと違う結果になっていたと思う」

「お礼を言うのは僕の方だよ」

桂の意外な言葉が返ってきた。

「僕だって何かがおかしいと思っていたんだ。けれど度胸がなくてなかなか口を開けなかった。君が発言したのを見て、僕は怒られた気分だったよ。しっかりしろって」

真剣な顔で答える桂に、美琴は思わず知らず微笑んでいた。

そんな風に考えているようにはまったく見えなかったのだが、きっとこの青年なりに一生懸命に考えていたからあんな風に不思議な言葉を投げかけてくれたのだろう。

「〝家族は医療の素人で、私たちはエキスパート〟。本当にその通りだと思う。忙しさの中でみんなが忘れかけていたことを、美琴の言葉が思い出させてくれたんだ」

温かい言葉が静かに流れていった。

流れていってから、一瞬間をおいて美琴は桂を見返した。

「いつのまに〝月岡さん〟が〝美琴〟になったの？」

美琴が言い終わるより先に、すでに桂は歩き出している。「ああ、いい天気だ」などと勝手なことを言っているが、無論美琴は逃さない。

「ねえ、先生。初めて聞いたんだけど」

「そうだっけ？」

「もう一回言ってよ」

「やだよ」

追いついてくる美琴を振り切るように、桂が歩を速めていく。こういうやりとりは珍しい。

「それより山茶花《さざんか》だよ」

あからさまに強引な話頭の転じ方だが、桂が示した生垣には、確かに赤い花がちりばめられている。よく見れば、濃い緑色の葉のそこかしこに開いた真っ赤な花が、ずっと先の方まで右手を埋めている。

「ツバキ科の、冬を代表する花のひとつだ。花期が長くてお正月を過ぎても咲き続けていることも多い。香りがいいのも特徴」

滔々《とうとう》と花の話を続けてさらなる追撃を封じる桂に、美琴はすぐに追いついた。追いつきながら微笑した。あまりいじめてもいけないのだろう。なにより花について話をしてくれる桂を見るのも久しぶりだ。そういう花屋の息子の姿を、美琴は結構気に入っている。

「困難に打ち克《か》つ、という言葉があるんだ」

「困難？」

「山茶花の花言葉だよ。もともと花言葉って、僕はあんまり得意じゃないんだけど、この花言葉は山茶花にぴったりな気がする」

「困難に打ち克つ……」

美琴も思わず足を止めて繰り返した。

確かに、冬の冷気の中で堂々と咲き誇る赤い花に、その言葉はよく似合う。

花を見つめる美琴の胸の内に、ふいにいろいろな思いが湧きおこった。

今回の一件はまだほとんど何も解決していない。結局、謝罪やお金の話がどこに落着するのか、おそらく美琴たちに細かく説明されることはないだろう。一年目の半崎は退職の相談に大滝のもとを訪れたようだが、大滝が得意の舌先三寸で丸め込んでとりあえず先送りにしたらしい。

困難は多い。

けれどもひとつずつ乗り越えていくしかないし、乗り越えていけるのだと思う。日に日に厳しくなる冬の中で、しっかりと花を咲かせる山茶花のように。

美琴は、そっと伸ばした右手で、傍らに立つ桂の左手に触れていた。左手は少し慌てたように揺れたあと、すぐに右手を握り返した。

そうして二人は山茶花の咲く道をゆっくりと歩き出した。

午後の冬空はなお一層澄み渡っている。

鮮やかな光を受けて、雪の北アルプスはまばゆいほどだ。

広大なりんご畑を貫く比較的大きな農道まで出てきたところで、美琴は額に左手をかざして一帯を眺めやった。ゆるやかな斜面の下方にきらきらと光る梓川が見え、その川向こうの木々の間に梓川病院が見えている。

「タクシー呼ぶ？」

桂の声に、美琴は首を左右に振る。

「たまには歩きたい」

「同感」と桂の明るい声が応じた。

今度は桂の手に力がこもった。

だから美琴も、もう一度その手をしっかりと握り返した。

第四話 カタクリ賛歌

窓の外で、救急車の赤い回転灯が明滅している。

その赤い光の下を往復しているのは、引き揚げ準備中の隊員たちで、救急部の入り口では、隊長らしき年配の男性が、受付の事務員と親し気に言葉を交わしている。

なにげなく窓越しにそれを見ていた桂が軽く目を細めたのは、隊員たちを照らす光が淡くにじんで見えたからだ。

雪が舞っているのである。

夕刻から降り始めた三月初旬の重たい上雪《かみゆき》は、いつのまにか勢いを増し、外灯の明かりも救急車の回転灯も、皆一様に柔らかく包み込んでいる。

「桂先生、ＣＴが撮れました」

背後から聞こえた声に、桂は窓の外から室内に視線を転じた。

救急部処置室の自動ドアが開き、夜勤の平岡《ひらおか》看護師がストレッチャーを押して入ってきたところである。

「熱は39度、救急車内では血圧１４０でした。腹痛はあるみたいです」

淡々とした口調で報告する平岡は、研修医である桂の倍以上の年配だ。つまりは古参のスタッフなのだが、古参であるから頼りになるかと言えば、そういうものでもない。五十を越えた体には夜勤が辛《つら》いのであろう。ストレッチャーを止めたところで、さも大儀そうに息をついている。

かすかに桂が苦笑したのは、そういう平岡の様子に同情したからではない。ずいぶん見える景色が変わったと、場違いなことを実感したからだ。

医師になってもうすぐ一年になるが、一年前であれば、救急車が一台到着しただけで頭の中は真っ白になって、とても看護師の様子など目に入らなかった。

少しは余裕ができてきたのかと、妙な感慨を覚えつつ、桂は口を開いた。

「今のところバイタルは落ち着いていますね」

「そのようです。どうしますか？」

「とりあえずソルラクトでライン確保。それから血算、生化、血ガスをお願いします」

お決まりの指示を出しながら、桂はストレッチャーに横たわる患者に歩み寄る。

患者は九十五歳、女性、内島《うちじま》やゑさん。

腹痛と発熱で今しがた救急搬送されてきたところだ。

大丈夫ですか、と問えば、小さなおばあさんは、痩《や》せた手をそっと胸元で合わせて口を動かした。

「こんな遅い時間にすいませんねえ、ちょっと痛むだけなんですが……」

九十五歳という年齢からは想像もできないほど、しっかりとした返事だ。しかし〝ちょっと痛むだけ〟にしては、顔色はひどく悪い。

「どのあたりが痛みますか？」

「胃の辺りかねぇ。夕ご飯の前まではなんともなかったんですよ。それがご飯を終えてしばらくしたら急にねぇ……」

しわがれた声ながら、桂の問いかけにもまとまった内容が返ってくる。

〝見た目はミイラみたいにひからびてますがね。頭は意外としっかりしてるんですわ。いっちょ前に、具合が悪いとか、救急車呼んでくれとかってね〟

救急車に同乗してきた頭の禿《は》げあがった息子の台詞《せりふ》である。内島八蔵《はちぞう》という名の息子は、ぞんざいな口調でそんなことを言っていたが、乱暴な発言内容はともかく、頭がしっかりしているというのは事実らしい。一通り診察した桂は、すぐに背後の電子カルテに向き直って、撮ったばかりのCT画像を呼び出した。

胸部CTでは肺炎像はなく、腹部を確認したところで、胆管の中に白く光るものを見つけて眉《まゆ》を寄せる。

「石だね」

唐突な一言は、桂の背後から聞こえたものだ。

慌てて振り返れば、いつのまにかすぐ後ろに小柄な医師が立っている。

「三島先生、早いですね」

「医局までサイレンの音が聞こえてきたものでね」

腰の後ろで手を組んだまま穏やかに答えたのは、桂の指導医であり、内科部長であり、かつ消化器内科医でもある三島であった。

「桂先生の診断は？」

三島は落ち着き払った視線をモニター上の画像に投げかけたまま語を継ぐ。

「総胆管結石による急性胆管炎かと思います」

「結構。しかし救急車到着と同時に真っ先にCTとは、なかなか変則的な検査手順だね」

「患者さん到着時、軽く黄疸《おうだん》があるように見えました。しかも腹痛と発熱もあったことから胆道系のトラブルを疑って直接ＣＴ室に運びました。血液検査はこれからです」

「悪くない判断だ」

三島はゆったりと頷《うなず》きながら、椅子に腰を下ろした。

落ち着き払った指導医の登場は、緊張以上に大きな安堵《あんど》を桂に与えてくれる。

「熱は39度ありますが、ご本人は意外にしっかりしています。腹痛はそれなりに強いようですが……」

「年齢を考えると油断はできない。胆管炎なら数時間でショックになる場合もある」

ふいに甲高いアラームが聞こえて振り返ると、点滴ラインの向こう側で、ベッドサイドモニターがしきりに赤く点滅している。

「血圧１０５です」

点滴をつないでいた平岡の声が聞こえた。

指導医の危惧《きぐ》がそのまま現実になりつつあるということだ。

「あまり時間はないようだね」

「採血を確認ししだい、緊急ＥＲＣＰで良いでしょうか？」

ＥＲＣＰは内視鏡処置の名称で、胃カメラを用いて胆管結石を除去することができる。この場合は真っ先に行うべき治療だが、三島の反応はかすかな揺らぎを含んでいた。

「桂先生の判断は基本的に正しい。しかし……」

眉を寄せた三島は、電子カルテから背後のベッドに向き直る。

その静かな目が見つめているのは、点滅するバイタルサインでもなければ、景気よく滴下している点滴でもない。

ベッドに横たわる小さな患者の皺《しわ》だらけの横顔である。

「九十五歳だ……」

短いつぶやきが多くを物語っていた。

ＥＲＣＰは、胆管結石に対して圧倒的な威力を発揮する治療だが、必ずしも安全な治療とは言い難い。むしろ内視鏡治療の中ではもっともトラブルの多い危険な処置なのである。いくら有効な治療法とは言っても、それだけ危険な処置を九十五歳の高齢患者に対して実行することが正しい選択なのか。

判断は容易でない。

「桂先生ならどうするかね？」

ふいの問いかけは、しばしば三島が口にする言葉だ。三島は、自らの判断を明らかにする前に必ず桂の方針を確認する。

〝問う前に必ず自分で考えなさい。未熟でも良い。自分なりの答えを出しなさい〟

それが『小さな巨人』の指導法だ。

ゆえに桂は、頭の中の雑然たる思考を懸命にまとめて応じる。

「しっかりした方とはいえ、九十五歳という年齢はそれだけでＥＲＣＰをするにはきわめて危険です。おまけに患者さんは、心不全と高血圧で通院中で、抗凝固薬も内服しています」

ゆっくりと頷く三島に対して、「しかし」と桂は続けた。

「しかし、急性胆管炎で血圧が下がり始めているとなると、抗生剤の点滴だけで乗り切れる確率はかなり低くなります。危険を承知でERCPを選択するべき状況です」

「九十五歳のプレショック患者に緊急ERCPかね。なかなか厳しい選択だ」

一瞬言葉を切った三島は、しかしゆったりと頷いた。

「だがこの場合は、妥当な判断だ」

三島はあくまで落ち着き払った態度で、ストレッチャー脇に立っていた平岡を振り返り、待合室の息子を呼び入れるように告げる。

「君の結論に賛成だ。まずはご家族にERCPの危険性を十分に説明の上、承諾を得るとしよう。命がけの検査になるということを理解してもらった上で、しかしやらなければ助からないと……」

ふいに三島が口をつぐんだのは、ストレッチャー上のやゑさんが、点滴のつながった細い手を伸ばしたからだ。

「先生」という小さな声が聞こえた。

「もう年だで色々なことはせんでええだよ」

けたたましいアラーム音の中で、しわがれた声が不思議によく通る。

慌てて桂が歩み寄れば、ベッドの上のおばあさんは、小さく頷いている。頷きつつもカチカチと歯が当たって音が出ているのは、悪寒戦慄《せんりつ》という震えだしが出ているからだ。要するに危険な状態なのである。

「内視鏡をやらなければ、命にかかわる状況なんです。場合によっては……」

「死」という単語を口にしかけて、桂はさすがに躊躇《ちゅうちょ》する。

しかしおばあさんの方は、そんな桂の沈黙に対して、震える口元に笑みを浮かべて答えた。

「やっと往生できるだよ。このままでいいだ……」

さすがに返す言葉がない。

傍らの三島も沈黙のままだ。

「もう十分に生きただよ……」

震える声が、救急室の天井に上って行った。


安曇野に来て、桂はしばしば思う。

本当に美しい土地なのだと。

桂の生まれは東京であるから、広大な関東平野のただ中では、野山と接する機会はけして多くはなかった。もちろん少し足をのばせば、ちょっとしたハイキングコースやキャンプ場、水量豊かな渓流といったものに触れることができたが、安曇野の在り方はそうではない。

水や空気の美しさはもちろんだが、そこに住む人の生活の中にまで土地の美しさが浸《し》み込んでいるような独特な透明感がある。

少し歩けば井戸があり、湧き出る水が水路となって家と家とをつないでいく。水が豊かなせいなのか、あちこちに花があり、立葵《たちあおい》が揺れ、沈丁花《じんちょうげ》が香り、菫《すみれ》の群生に驚かされることもある。少しばかり林道に入れば、都心ではもはや目にすることのなくなった野花に出会い、ときには上高地などの特別な場所にしか咲かないと言われる珍しい花を見かけることさえある。

信濃大学を受験したときは、この土地に格別の思い入れを持っていたわけではなかったが、移ろいかわる四季とともに安曇野を往来するうちに、桂はこの土地に残りたいと思うようになっていったのである。

信濃大学附属病院外来棟の五階には、そんな安曇野を一望できる広々としたレストランがある。展望レストラン『ソラリス』である。

桂も学生時代にときどき院内の臨床研修の合間に足を運んだことがあったが、研修医として梓川病院に出てからは、大学病院自体に立ち入る機会がなくなっていたから、その日『ソラリス』を訪れたのは、ほぼ一年ぶりになっていた。

「桂先生！」

入り口の自動ドアをくぐった途端、明るい声が聞こえて桂はガラス張りの店内を見回した。

日当たりのよい大きなガラス窓の向こうには、雪解けを迎えつつある広大な安曇野が見渡せる。少し視線を上げれば、なお雪深い北アルプスが堂々と鎮座している。

その見晴らしの良さを求めて、普段は患者だけでなく、多くの職員も足を運んでくる場所だが、土曜日のおまけに午後三時という時間のために、客の入りは多くない。

桂が、店内の窓際でしなやかな手を振っている美琴の姿を見つけるのに手間取ることはなかった。

「ごめん、待った？」

「待ったけどいいわ。眺めが綺麗《きれい》だもの」

空色のハイネックに身を包んだ美琴は、歩み寄ってきた桂を面白そうに見返す。

「先生のスーツ姿は初めて見るわ。一瞬、誰かと思った」

「どう？」

一瞬首を傾げた美琴は、すぐに歯切れのよい声で、

「正直、似合わない」

「僕もそう思うよ」

苦笑いの桂に、美琴は華やかな笑い声で応じた。

桂がスーツなどという着慣れぬものに腕を通して大学に来たのは、この日、大学内で内視鏡学会の地方会があったためだ。一か月前から指導医の三島と準備をしてきた桂の発表は土曜日の昼前で、ちょうど同じ日に看護師の勉強会が大学で開かれていたことから、『ソラリス』で待ち合わせをしたのである。

「初めての学会発表は無事終わった？」

「なんとかね。ずいぶん緊張したけど」

「ご苦労様」

美琴が呼んでくれた店員に、桂はコーヒーを注文する。

丁度広々とした店内に数人のスーツ姿の男たちが入ってくる様子が見えたのは、桂と同じく学会を終えたばかりの医師たちだろう。

「発表って、梓川病院の患者さんのまとめなんでしょ？」

「そう。〝九十歳以上の総胆管結石患者の治療〟っていう内容」

「いかにもうちの病院らしいわね」

遠慮のない美琴の批評に、桂も笑う。

「中身は三島先生が積み上げてきたデータの解析をしただけなんだけどね。でも九十歳以上ってい う切り口は、大病院の先生たちにとっては、ちょっとびっくりするようなテーマだったみたいだ」

発表者に与えられていた時間は、プレゼンテーションが四分と質疑応答が三分だけである。演題によってはほとんど質疑もないまま終了することもあるが、桂の発表後には、複数の質問が繰り出されてきた。

「そんな高齢者にERCPをやって本当に大丈夫なのか、なんて質問も出てきたよ」

「うちじゃ日常茶飯事でしょ。この前なんて、百三歳のERCPをやってたじゃない」

レモンスカッシュのストローをくわえたまま美琴が肩をすくめる。

「今週入院した内島やゑさんだって、九十歳越えてたはずよ。結局ERCPはやらなかったけど、危ない危ないって言われながら、意外に復活してくるのが、あの年齢まで生きてきた人の強さよ」

美琴のさらりと語る言葉に、意外な真実味が備わっているのは、現場で働いている者の実感がこもっているからだろう。

桂もその通りだと思う。

水曜の当直時に運び込まれてきた内島やゑさんは、来院後どうしても内視鏡を嫌がって処置を拒否し、結局そのまま点滴と昇圧剤で様子を見る方針となったのだ。通常なら血圧が下がってくる経過だが、幸運なことに、翌日には解熱して窮地を乗り越えつつある。

美琴の言葉通り、九十歳を越えた人というのは、もともとの丈夫さが違うのかもしれない。

「いろんな質問に答えるのは大変だったけど、いい経験ができたよ。三島先生が、大学の先生たちを何人か紹介してくれてね。大学って、消化器内科の医師だけで何十人もいるんだ」

ちょうど届いたコーヒーに手を伸ばしながら、桂は視線を窓外に向ける。広大な大学病院の敷地には、『ソラリス』のある外来棟のほかにも、病棟、基礎研究棟、救急棟、その他多くの建物があり、そのひとつひとつだけでも梓川病院より大きい。

学生のころは気づかなかったが、梓川病院で働いてきたおかげで、改めて桂は大学という組織の大きさを実感しているところだ。

「やっぱり消化器内科を目指すのね」

ふいに聞こえた美琴の声に、桂はゆっくりと頷いた。

「研修医はもう一年あるけど、たぶんそうなると思う」

「やっぱり物好きね」

美琴はため息も隠さずそんなことを言う。

「わざわざ大変な道を選ぶってことでしょ。楽な科を選びなさいなんて言わないけど、もう少し穏やかな生活ができる科だってあるじゃない」

「きっと三島先生に会えたのが縁だと思う。消化器内科医としてだけでなく、三島先生って人として本当にすごいと感じるんだよ」

「はいはい、三島ファンの先生には言うだけ無駄だったわね。梓川の最後の研修に、わざわざもう一度消化器内科を選ぶくらいなんだもの」

おどけた美琴の言葉に、桂は小さく笑った。

美琴の言うとおり、桂は、梓川病院の研修の最後の二か月間に、もう一度消化器内科を選んだのだ。すでに昨年の夏に一度研修している科を、敢《あ》えて希望を出してもう一度選択させてもらったのは、やはり三島というひとりの医師に強く惹《ひ》かれるところがあるためだ。

　無論、三島の厳しい指導は緊張を強いられることも多く、仕事の忙しさも際立っているが、それでも今は貴重な時間を過ごしているのだという自覚が桂にはある。

「熱心なのはいいけど、いつになったらもう少し時間ができるのかしらね」

　何気ない口調でありながら、その声にはいくらかの棘《とげ》がある。

　慌てて桂が見返せば、美琴がストローをくわえたまま頬を膨らませている。あ、と思う間もなく、レモンスカッシュがぶくぶくと泡を立てて震えた。

「忙しい先生は、目の前の可愛い彼女より、三島大先生とご高齢の患者様方にご興味がおありだものね」

「そういうわけじゃなくて……」

「わかってるわよ」

　あっさりと美琴が遮る。

「別に嫌味が言いたいわけじゃないわ。大事な研修医期間だってことくらいはわかってるつもり。でも大学病院のレストランはどう考えてもデートには不向きよ。もっと一緒に行きたい場所はたくさんあるんだからね」

　棘がある声の向こうに、しかしまっすぐな健やかさがある。

　初夏の清風のように爽《さわ》やかなその空気は、自分には持ちえない貴重なものだと桂は思う。

　桂はもちろん多忙な毎日だが、美琴の方も夜勤や遅番など不規則で大変な仕事をこなしている。彼女のこの率直さがなければ、二人はもっと小さなすれ違いを重ねていたかもしれない。

桂はゆっくりと視線を動かして、雪をいただく常念岳《じょうねんだけ》を眺めやる。そこから視線を落とせば、冬枯れの安曇野が見渡せる。

桂はコーヒーカップを包み込む両手に少し力を込めてから、思い切って口を開いた。

「ひとつ、考えていることがあるんだ」

言って視線を戻せば、いくらか改まったその態度に、美琴が不思議そうな顔を向けている。

「研修もあと二週間で終わりで、三月末に数日だけだけど休みがある。その週末に、前に言っていた通り美琴の家に挨拶《あいさつ》に行ければって思ってる」

できるだけ落ち着いて言ったつもりだが、我ながら何やら声が頼りない。しかし言われた方の美琴は、一瞬大きく目を見開いてから、そのまま凝固したように動かなくなった。その頬が少しずつ上気していく。

「大丈夫？　美琴」

「大丈夫じゃないわ。こんな場所で、しかもこういうタイミングで、いきなりそんな話を持ち出すのは卑怯《ひきょう》よ」

「卑怯って……」

「卑怯でなければ、意地が悪いわ。ほんとは先生って性格悪いでしょ」

ひどい言われようだと困惑ぎみに答えつつも、桂は胸の奥底でほっとする。本当に、いつも美琴の反応は、唐突で、予想外で、とても魅力的だと思うのだ。

「再来週の週末なんだけど、忙しい？」

「いきなり言われても、勤務表見ないとわかんないわよ」

ぶっきらぼうに言ってから、美琴はため息交じりに続けた。

「わかんないけど、忙しくってもなんとかするわ」

小さくとも温かな声であった。

桂は笑って頷き返してから、コーヒーカップを持ち上げた。そのままもう一度窓外に目を向ければ、広々とした安曇野の山際は淡く霞《かすみ》に煙《けぶ》っている。

厳しい季節が終わり、春の足音が聞こえ始めていた。


〝内科の入院患者の半分は、生きているのか死んでいるのかわからない状態ですからねぇ〟

そんな危険な台詞を口にしたのは、循環器内科の谷崎先生だ。

『死神』などという不吉なあだ名で呼ばれているこの先生は、穏やかな笑顔で危険な発言を繰り返し、しばしば臨床現場のスタッフたちを引きつらせるのだが、過激発言をするその態度はともかく、内容については事実の一端を表していると桂も思うことがある。

内科病棟を回診すれば、担当している十二人の患者のほとんどが八十五歳以上で、一番若い四十歳の大腸ポリープ患者を入れても、平均年齢が八十六歳である。

患者の半数は、寝たきりであるか、そうでなくても認知症が進んで会話は成立しない。こんにちはと挨拶しても、まったく無反応であるか、わずかに視線を泳がせてくるくらいで、険しい顔で睨《にら》みつけてくる患者に出会うと、反応があるだけまだありがたいと感じてしまうのが桂の見ている風景なのである。

そんな中でも桂を悩ませているのが、502号室に入院している八十四歳の男性だ。

名前は田々井富次《たたいとみじ》さん。

田々井さんは、四人部屋の窓側のベッドで、一日中点滴につながったまま、身じろぎもせずに横たわっている。

首はのけぞるような形のまま動かず、ゆるんだ口元からは涎《よだれ》が垂れて枕の上に糸を引いている。両腕は自分の胸を抱くような位置でかたまり、引っ張っても動かないほど固く拘縮している。ほとんどが静止した世界の中で、ぽつぽつと落ち続ける点滴と、わずかに上下する胸元だけが生きた世界であることを証明しているかのようだ。

冬の夕日を受けたその姿は、なにか特別なメッセージを織り込んだ絵画のように、現実と非現実のはざまを揺蕩《たゆた》っている。

もともと施設に入所していた人で、今回は、誤嚥《ごえん》性肺炎で入院となったのだが、肺炎自体は落ち着きつつあるものの、食事が摂《と》れないという根本的な問題を抱えている。リハビリ士の判断では、嚥下機能が著しく低下しているため、食事を再開すればすぐに肺炎を再発する可能性があり、無理をすれば窒息の危険さえあるという。

「胃瘻《いろう》か……」

ベッドサイドに立ったまま、思わず桂がつぶやいたのは、それが目下の基本方針となっているからだ。

田々井さんは、来週胃瘻を造設する予定になっている。

胃瘻とは、腹部に穴をあけて、直接胃にチューブを入れる道具のことだ。これによって、患者が食べられなくても、体内に栄養を注入することができるようになる。

口から食べられなければ胃瘻。

それは医学的にはごく一般的な考え方なのだが、目の前の田々井さんの姿を見れば、なにか違和感を覚えざるを得ない。

身動きひとつせず、言葉ひとつ発しない患者の腹に穴をあけてチューブを入れ、またもとの施設に帰す。その行為は一体何を意味しているのか。桂は言葉にできない何かを探すように天井を見上げるのだ。

「毎日毎日、ご苦労様ですねぇ、先生」

ふいに聞こえたその声に、桂は我に返った。

田々井さんのベッドからカーテンひとつ挟んだ隣からの声だ。

覗《のぞ》き込めば、皺だらけのおばあさんが桂に向かって手を合わせている。先週入院した内島やゑさんは、田々井さんの隣なのである。通常、大部屋では男女は部屋を分けて入院するものだが、病棟に余裕がないときはどうしても混合になることもある。冬場の今は、入院患者が多く、病棟も満床に近いのだ。

手を合わせながら頭を下げているやゑさんの隣で、

「世話になってますな、先生」

頭を下げながらのそりと立ち上がったのは、そばの折り畳み椅子に座っていた息子の内島八蔵である。九十五歳のやゑさんの息子であるからもう七十前後のはずだが、肩幅があり、禿げあがった頭以外は、意外に雰囲気が若い。

「うちの母ちゃんは、どうやら死にぞこなったみたいですな、先生」

困ったものだと言わんばかりの言葉に、桂はいくらか戸惑いながら、精一杯に愛想笑いをする。

「立派な方ですね。命にかかわるほどの状態で入院したのに、頭もしっかりしていて、いつも声をかけてくれます」

「しっかりしてるのはいいんだが、一体いつまで生きてるつもりなんだか……、なあ母ちゃん、まだお迎えは来ねえのかい」

「まだだねぇ。早く連れていってくれりゃええに……」

「死ぬなら死ぬで、さっさと店じまいしねえと、ずるずる長患いされちゃ、こっちも大変だぜ」

遠慮のない会話は、息子の八蔵が日常的に口にしているものなのか、困惑する桂に比して、やゑさんの方は格別驚く様子もない。

あの、と桂は遠慮がちに口を挟む。

「とりあえず熱も下がっているので、今日から重湯を開始していますが、石を取り除いたわけではないのでまた熱は出るかもしれません。つまり、また急に悪化するかもしれないということで……」

「じゃあ、次こそあの世行きかね、先生」

投げ出すように告げた八蔵は、やゑさんの目の前に重湯の入った食器を並べながら、

「まあとりあえず生き残っちまったんだから、先生の迷惑にならねえように、早く飯食って家に帰るってもんだ。そうだろ、母ちゃん」

「そうだねえ……」

なんとも言い難い際どい会話に、桂はたじたじとなりながら、一礼してベッドに背を向けた。

寝たきりで会話もできないおじいさんに、お迎えを待ち望んでいるおばあさん。

医者の仕事とはなんであろうか。

そんなことを考えずにはいられない、夕刻の回診であった。


「おおむね、病棟は落ち着いていているようだね」

夜七時の内科病棟スタッフステーションに、指導医の低い声が響いた。

日中の外来や検査の業務を終え、回診もひととおり済ませたあと、夜のステーションで三島と二人でカンファレンスを開くのが日課となっている。

「515号の下平《しもだいら》さんは食事量が増えてきたので、点滴を明日から減らします。512号の荻原《おぎわら》さんは、明後日《あさって》施設に退院が決まりました。診療情報提供書も記載済みです」

「確認しておこう」

三島は、桂の報告にひとつひとつ丁寧に相槌《あいづち》を打ち、短い応答をする。

昨年の夏、三島についたときは、一症例ごとに細かな修正や確認があったが、今はそれも少なく速やかに指示が終わっていく。半年前に比べてカンファレンスの時間が大幅に短くなったということは、それだけ桂が成長したということなのだが、この『小さな巨人』と二人だけのカンファが緊張の時間であることは変わっていない。

「502号の内島やゑさんは、今日から重湯を開始しました。今のところお元気で、全量食べられていますから、明日から五分粥《ごぶがゆ》にあげる予定です」

「結構だ」

「同室の田々井さんですが……、来週予定どおり胃瘻造設の方針です」

軽く頷いた三島は、しかし一瞬言い淀《よど》んだ桂の心中を見透かしたように目を向けた。

「やはり、悩ましいかね？」

思わぬ問いかけに、桂は指導医を見返す。にわかに返答ができない。返答ができないことまで予想していたように、三島はゆっくりと頷いた。

「確かに難しい問題だ」

田々井さんの家族は、妻だけでなく息子もすでに亡くなって、孫夫婦がいるだけだ。先週この孫に対して、桂は三島とともにＩＣを済ませてある。

口から食べられなければ胃瘻しかない。しかし完全に寝たきりで反応もない田々井さんに対して、胃瘻を作るべきかどうか。

桂が一通りの説明を終えたあとの孫の反応はきわめてシンプルなものであった。

〝胃瘻でいいですよ。作ってやってください〟

田々井昭《あきら》という名の身だしなみのきっちりとしたその男性は、三十代後半といったところであろうか。どことなく神経質な口調で続けた。

〝やれることは全部やってもらえれば、私も安心ですから〟

言葉の内容はごく常識的なものだったが、しかしひとりの人間の命の在り方を決定する重大問題に対して、どこか拍子抜けするようなあっさりとした返答であった。

敢えて言えば、取り付く島がない、というのが桂の印象で、どこかに引っかかりを覚えながら、それ以上に言葉を重ねる術《すべ》を持たなかったのである。

「明確に胃瘻に反対だと思っているわけではありません。ただ今の田々井さんに胃瘻を作ることに、なんとなく釈然としない気がしているんです。本当に正しい選択なのか……」

「我々が行う処置がつねに正しいとは限らない」

三島の低い声が応じる。

「医療現場にある問題は、常に善と悪とで明白に線引きできる事柄ばかりではない。幼い子供の命を救うことに迷う医者はいないだろうが、我々が向き合っているのは、それとは対極に位置する現場だ。善悪の判断の外で行動しなければいけないこともある」

「それはつまり……、先生も胃瘻の選択が正しいと考えているわけではないということですか？」

思わず知らず踏み込んだ桂の問いに、三島はわずかに眉を動かしたが、すぐには答えなかった。

束の間沈思するように口を閉じた指導医は、やがてゆったりと背後の椅子に背を凭《もた》せかけながら語を継いだ。

「胃瘻の問題は難しい。快復の見込みのある患者や、意思表示ができる患者であれば、何も迷うことはない。消化器内科医として全力で胃瘻を作り、退院を目指せばよい。しかし田々井さんを含め、我々が向き合う患者の大半がそのいずれにも該当しない」

三島の目が、電子カルテ上の入院患者の名前を見つめている。平均年齢八十六歳の患者たちの多くが、認知症や脳梗塞《こうそく》の後遺症などで、片言の会話さえ成立しない人々だ。

「だが間違えてはいけない」

ふいに三島が語調を強めた。

「胃瘻の難しさは、この道具が、意識のない患者を栄養チューブにつないで生かし続ける非人間的な道具だから、ではない。胃瘻がかわいそうだというような議論をしていては問題は解決しない。胃瘻の問題は、それを作らなければ、患者が死ぬという点にある」

「患者が死ぬ……」

「そうだ。我々が直面しているのは、胃瘻を作るか作らないかという問題ではない。胃瘻を作るか、患者を死なせるかという二者択一の問題だ。間の選択肢は存在しない。胃瘻を作るべきではないと発言することは、患者を死なせるべきだという判断につながることになる。君は、田々井さんは死ぬべきだと考えているのかね？」

静かな口調で提示されたのは、衝撃的な内容であった。

桂はにわかに返答もできず、絶句する。絶句しつつも、しかし少し考えてみれば、三島の言葉は問題の核心をついており、反論が容易でないことがすぐにわかる。

確かに、寝たきり患者に胃瘻を作るのはかわいそうだと言うことは簡単なことだ。しかし胃瘻がなければ患者は死ぬことになる。

胃瘻か死か、間はない。二者択一なのだ。

しばしの沈黙ののち、指導医の低い声が聞こえた。

「しっかりと悩みなさい、桂先生」

顔をあげれば、三島の静かな目が見返している。

「安易に胃瘻を作ることはもちろん、胃瘻はかわいそうだからと経鼻胃管チューブを入れるような見当違いの医者になってはいけない。結論がどこにあれ、悩むことには意味がある」

その言葉は、答えを与えるものではない。

けれどもけして突き放したような冷たさもない。ほどよい距離を保ちながら、静かに見守ってくれている。

本当に特別な指導医に出会えたのだと、桂が直感する瞬間だ。と同時に、この偉大な先生を失望させぬよう、力を尽くしたいと改めて願うのである。

「もう一度、考えてみます」

「結構。大学の先生たちも、君のそういう生真面目さに興味を持ったのかもしれないね」

唐突な話題に、桂は困惑する。

「僕に興味ですか？」

「あの日の発表内容もそれなりにインパクトがあったようでね。大学の消化器内科の医師たちがぜひ君と飲みたいと言って、私に連絡をよこしてきている」

「それは……、とても嬉《うれ》しいことですが、あの発表だって、ほとんど先生が作ってくれたスライドです」

「だとしても、当日の質疑に、ひとつひとつ丁寧に答えていたのは君だ」

穏やかな目を細めて、三島は続けた。

「大学には大学なりの、魅力的な医者がいる。一度飲みに行ってみるかね？」

寡黙な指導医から、こんな話が出てくるというのは珍しいことである。

この三月で梓川病院での研修を終える桂の行く末について、三島なりに配慮をしてくれているということであろう。

戸惑いつつも桂は問うた。

「いつでしょうか？」

「明後日の夜だ」

それは提案ではなく、確認であった。

三島は、店の名前と時間を告げて立ち上がったのである。


居酒屋『九兵衛《きゆうべえ》』。

三島の告げたのは、松本駅前から少しばかり歩いた路地にある小さな店であった。

木造りの大きな戸をくぐれば、十席ばかりのカウンターのほかは小上がりのテーブルがひとつあるだけの、小さな店構えである。

日本酒のラベルが、無造作に壁に貼られた様は、あまり酒と縁のない桂にとってそれだけで緊張する景色だが、小上がりのテーブルに、先に到着していた三島ともうひとりの男性を見つけて、慌てて頭を下げた。

「遅くなってすいません」

一礼した桂に、三島は向かいに座っていた壮年の男性を示して告げる。

「大学の消化器内科の内視鏡チーフをつとめる柿崎《かきざき》先生だ」

紹介とともににこやかな笑顔を向けた壮年の男性は、先日の学会のときに質問を発してきた医師のひとりだと桂はすぐに気が付いた。なんとなく明るい空気をまとった笑顔の柿崎は、桂がイメージしている大学の堅苦しい雰囲気とはずいぶん異なり、その分だけ印象的であったのだ。

「遅れてすいませんでした。点滴の入力に時間がかかってしまって……」

「三島先生の下につくと忙しいだろうね。お疲れ様」

そんなことを言って、柿崎はさっそく酒の品書きを示してくれる。無論漢字の並んだそのメニューは桂には縁遠いもので、空気を察した柿崎はあっさり「僕の好みでよければ」と一杯を注文してくれた。

一杯が届けば、たちまち乾杯と明るく唱え、柿崎はすぐに刺身に箸《はし》をのばしながら語を継いだ。

「しかし三島先生の下で学べるのは幸運だよ。手取り足取り指導してくれるわけじゃないから大変だろうけど、大事なことを教えてくれる。医者としての哲学っていうようなものかな」

実感のこもった柿崎の声に、思わず桂も口を開く。

「柿崎先生は、三島先生と一緒に働いていたことがあったんですか？」

「僕が三年目のときの指導医が三島先生だったんだよ。別の病院での話だけどね。もう十五年も前の話になるけど、『小さな巨人』にはいろんなことを叩《たた》きこまれた」

明るい声でそう告げながら、「ねえ先生」と三島に目を向ければ、向けられた方はかすかな笑みを浮かべたままただ黙って酒を飲んでいるだけだ。

「桂先生は、来月から大学での研修だね？」

「その予定です。消化器内科に回るのは秋ごろになると思いますが」

「いいね。待ってるよ」

頷いた柿崎がふいに背後の鞄《かばん》を手に取ったのは、その中の携帯電話が着信を告げたからだ。手早く応じる柿崎は落ち着いたものである。

三島が酒杯を持ったまま、電話を切った柿崎に目を向けた。

「さっそく呼び出しかね？」

「大丈夫ですよ。ただ、もうひとり来るはずだった医師の方が、急患で来られなくなりました」

柿崎は携帯を戻しながら、

「この店を教えてくれた後輩です。七年目から大学に入ってきた変わり種がいるんですよ」

「七年目から入局？　珍しいね」

「もともと駅前の本庄《ほんじよう》病院にいて、板垣《いたがき》先生の下で学んでいた男です。せっかく一年目の研修医と話をするなら、医局にどっぷりつかっている僕だけじゃなくて、別の意見も聞かせてあげられたらと思ったんですが」

言って柿崎は、桂に苦笑を向ける。

「とにかく〝患者を引く男〟でね。どうやら今日は、三島先生と僕だけになったみたいだ。聞きにくいこともあるかもしれないけど、なんでも質問してくれていいよ」

気さくな台詞の合間を縫うように、筋肉質のマスターが、一升瓶を持ってきて酒を注いでくれる。

「『秋鹿《あきしか》』です」というしぶい声が耳に残る中、そっと一口飲めば爽やかな芳香が鼻に抜けて、桂は目を瞠《みは》った。

「おいしいですね」

「何よりだよ。酒もメシも天下一品だと、その後輩も言っていた」

「それに雰囲気もとてもいいですよ。こんな場所で梅が見られるとは思いませんでした」

「梅？」と首を傾げる柿崎に、桂が示したのは、戸口にぶらさげられた小さな花瓶だ。

「この寒い時季に花を飾るなら、クリスマスローズとか、冬咲きのクレマチスみたいな華やかな種類が多いんです。それを蕾《つぼみ》のついた梅の枝なんて、なんだかいいですね」

「面白いことを言うね」

「花屋の息子なんだよ」

不思議そうな顔をしている柿崎に、三島が小さく告げた。

「東京の花屋の出身なんだ。しかも結構なこだわりがある」

三島の淡々とした論評に、柿崎はなるほど、と頷いてからすぐに嬉しそうに笑う。

「花屋さんか、それはありがたい」

「ありがたい？」と桂は首を傾げた。

「今の若手の医者の半分以上が開業医の子息と子女でね。どんなに手をかけて育てても十年目を過ぎるころにはみんな現場を離れて家に入ってしまうんだ。おかげで医師免許を持っている奴がいくら増えても、地方の病院に送れる勤務医の数を確保できない。つまり三島先生の仕事が楽にならない」

「そういうものなんですか？」

「そりゃあね。開業医なら、普通は夜も土日も休みで呼ばれることはない。おまけに給料は勤務医よりはるかに上だ。まともな神経の持ち主なら、開業の方に動くよ」

「つまり私も柿崎君も、まともでない神経の持ち主ということになるかね」

三島が静かに笑っている。

寡黙な指導医のそういう姿は珍しい。

酒が入っていくらか普段の重苦しい空気がやわらいで見える。考えてみれば三島の酒を飲む姿を見るのは、桂も初めてであった。

「金持ちになりたくて医者になったわけじゃないって、先生も言っていたでしょう」

柿崎の台詞に三島は懐かしそうに目を細めている。

やがて鯛《たい》の塩焼きが届き、天ぷらが加わり、卓上がにぎやかになっていく間にも、柿崎はさりげない会話の中に、大学の実情や研修の体制などを織り交ぜて話してくれる。

消化器内科は、医師の数が多く、他の科に比べてもかなり大きな医局であるということ。大学からは県内のいろいろな病院へのアルバイトがあり、梓川病院に出かけることになれば、また三島の下で学べるということ。

ひとつひとつが淀みない口調で語られる。

三島が会わせたい医者がいると言ってわざわざ場を設けてくれたことが、今さらながら納得できる。

当の三島は、あくまで淡々と酒杯を重ねて、それなりの量を飲んでいる。いくらか目元が赤くなっているが、おおむね静けさは変わらない。

その静けさを、しかし唐突に遮ったのは、今度は桂の携帯電話であった。

出てみれば案の定、病院からの呼び出しである。

「内島やゑさんが高熱を出しているそうです。一度様子を見に行っておいた方がよさそうです」

桂の言葉に、三島は格別驚いた風もなく酒杯を置く。日常的なことなのだ。

「やむを得ないな」

早々と上着を手に取ろうとした指導医を、しかし桂が制した。

「いえ、先生はゆっくりしていってください。病棟の方は僕が戻って困るようならまた連絡します」

思わぬ申し出に、三島が手を止める。

「柿崎先生と飲むのは久しぶりなんですよね。病棟は、多分大丈夫です」

確固たる自信があるわけではない。しかし少しくらいは指導医の役に立ちたいという思いがある。

そんな桂の様子を見つめていた柿崎が、微笑とともに告げた。

「懐かしいですね、三島先生。昔の先生とのやりとりを思い出すようです」

「その記憶を思い返す限りだと、君が呼ばれた二回に一回は私も呼び出されたはずだね」

「つまり二回に一回は呼ばれなかったということで、確率的にはなかなか立派なものじゃありませんか」

「しかし、その時の君は三年目で、桂先生は一年目だ」

「来月には二年目です」

言ったのは桂である。

思わぬ研修医の反撃に、三島はいくらか驚いたようだが、その隣で柿崎がゆっくりと頷いた。

「彼は、無理をしてひとりで乱暴な判断を下すようなキャラではないでしょう。いいんじゃないですか」

不思議な包容力のある言葉を三島に向けた。

一瞬沈思した三島は、やがて小さく頷く。

「任せよう」

それが結論であった。

すかさず柿崎が店の主人に向かってタクシーを依頼してくれる。桂が慌てて礼を言えば、柿崎はにこりと笑って答えた。

「花屋の息子を、大学は歓迎するよ」

桂にとって、信濃大学の医局に入ることを、真剣に考えてみようと決めた瞬間であった。


やゑさんの状態悪化は、きわめて急な経過であった。

桂が三島たちとの会食に出かける直前の夕刻、ひとりのんびりとテレビを観ていたやゑさんを、桂自身が確認している。

それからわずか二、三時間のうちに、39度まで熱があがり、同時に腹痛も出現して、入院時と同じ状態に逆戻りしたのである。

「ごめんね、結局呼び出しちゃって」

病棟に駆けつけた桂にそんな声をかけてきたのは、夜勤のリーダーを務める看護師の沢野京子だ。

「夕方まで元気にしていたのにあんまり急に高熱が出てきたもんだから、ちょっと心配になって電話しちゃったの」

「呼んでもらって良かったよ。やゑさんは入院のときもあっというまにショックになった人だから」

　ショックというのは、急激に血圧が下がる病態のことで、心疾患によるものから感染症によるものまで様々な原因があるのだが、その中でも急性胆管炎は敗血症を経由してショック状態に陥りやすいことが知られている。やゑさんの場合はその進行がきわめて速く、入院時にも救急部の処置室で突然血圧が下がったことは、桂の記憶にも新しい。

　沢野と言葉を交わしながら病室に足を運べば、ベッドの上で小さなおばあさんが、荒い息をしている。ベッドサイドにかがんで、柵《さく》からぶらさがっている膀胱《ぼうこう》バルーンに目を向けた桂は、管内の尿の色が茶色に変じていることを確認して沢野を振り返った。

「多分、一度はずれた石がまた詰まって胆管炎を再発したんだと思う。すぐに点滴をとって、血算と生化学を」

「了解」

「それから血圧が下がってくる可能性があるから、モニターも」

「わかった。息子さんにも連絡するわ」

　短いやりとりの間にも、夜勤の看護師たちが集まってきて処置が進められていく。点滴の準備、モニターの配置など、的確な沢野の指示のおかげで一連の動きに無駄がない。

　そんな慌ただしさの中で、やゑさん自身は、血の気のない顔で「すいませんねぇ」と遠慮の言葉を口にしている。

「気を遣わなくていいですよ、やゑさん。痛みますか？」

「たいしたことはないけんど、痛いことは痛いだよ。せっかく良くなってたにねぇ……」

額に刻まれた深い皺とそこに浮かんだ小さな汗を見ると、たいしたことがないはずはない。

「これから採血とCTも確認しますが、また石が詰まったんだと思います。やはり内視鏡で石をとらないと……」

「いいだよ、先生」

やんわりとだが、揺るぎない声が遮った。

「九十五歳だだよ。大変な治療はやめとくれな……」

声はしっかりしているが、カチカチとかすかに歯が鳴っている。

入院時と同じ悪寒戦慄だ。

桂はまとまりなく浮かんでくる色々な言葉を飲み込んで、傍らの看護師を顧みた。

「ソルラクトを一本全開で。それから抗生剤メロペン開始」

指示を受けた看護師は、すぐに自ら駆け出していく。

その背を見送りつつ、桂は動き回る看護師たちの邪魔にならないよう窓際まで退いた。ひととおりの指示を出せば、今桂がやるべきことは何もない。あとは息子の到着を待ってICを行うくらいなのだが、やゑさんが内視鏡を拒否している限りは、結局そこで行き詰まってしまうことになる。

そのまま視線を巡らせれば、カーテンをひとつ挟んだ隣のベッドでは、相変わらずじっと天井を見上げている田々井さんがいる。やゑさんのベッドとは対照的に、動きのない静かな空間だ。

いつもと変わらぬその景色に、今夜も特別変わったことはない。それでも桂が、田々井さんのそばに歩み寄ったのは、なんとなくそのわずかに上下する胸元が、いつもより忙《せわ》しく見えたからだ。

そっと枕元の夜間灯をつけ、田々井さんの額に手を当てた桂は、すぐに振り返った。

「沢野さん」

「なに、先生」とカーテンの脇から、沢野が顔を出す。

桂は首にかけた聴診器を手に取りながら続けた。

「田々井さんも、高熱みたいです」

一瞬間を置いてから、沢野は「了解」と応じた。


「大丈夫、先生？」

聞き慣れた声が降ってきて、桂はそっと目を開けた。

足元の窓からはまぶしい朝日が差し込んでいて、そのまま視線をあげていくと、美琴の心配そうな顔が覗き込んでいる。

「ああ、おはよう。朝？」

「残念ながら朝よ」

ため息交じりに背を向けた美琴の向こうに、壁の掛け時計が見える。

朝七時半を確認して、桂は慌てて身を起こした。

そこは病棟スタッフステーションの奥にある看護師の休憩室だ。男性看護師もいるから女性専用の空間というわけではないが、朝の出勤時間に研修医がソファを占領している姿は、あまり印象のいいものではない。

「ごめん、いつのまにか熟睡していたみたいだ」

「まだ横になっていていいわ。みんなが来るまであと三十分くらいはあるから」

言いながら美琴がキッチンでコーヒーを淹《い》れてくれている。

それでも身を起こした桂は、いたずらに爽やかに降り注いでくる朝日に目を糸のように細めた。

「サワから聞いたわ。大変だったって？」

「大変って言ってもね……」

言いかけたそばから大きなあくびが出る。

「何か特別な処置をしたわけじゃないんだ。ただ普段、いかに三島先生に頼っていたかを、痛感させられた夜だったよ」

ソファに腰かけたまま桂は、頭を掻《か》いて嘆息した。

修業中の一年目研修医にとっては、ずいぶん緊張を強いられた一晩であった。

やゑさんの腹痛と発熱で呼ばれて対応しているうちに、隣のベッドの田々井さんの異状に気付けたのは、幸運だったと言える。だがやゑさんの胆管炎については、予想の範囲内であったために冷静な対応ができたが、田々井さんの発熱は予想外で、しかも採血やレントゲンの指示を出している間に、呼吸状態も急激に悪化したのである。

「結局田々井さんはなんだったの？」

「肺炎の再発だよ。両肺の背中側の浸潤影だから、誤嚥性肺炎だと思う」

「それで痰《たん》が溜《た》まって急に呼吸が悪くなったってこと？」

「そういうこと」

つまりは自分の痰で窒息しかかったということだ。

桂にとっては冷や汗を掻く経過であったが、沢野が冷静に吸痰を繰り返してくれたおかげで、すぐに呼吸状態は改善した。なんとか三島を呼び出さずに朝まで乗り切れたのは、彼女のフォローのおかげであろう。

「とりあえず急変は避けられたけど、肺炎は肺炎だから、来週の胃瘻も延期だよ」

「延期はいいけど、肺炎が治ったからって胃瘻を作って大丈夫なの？　ご飯も食べていないのに誤嚥するような人なら、胃瘻作ってもすぐ肺炎になるんじゃない」

的確な美琴の指摘に、反論の余地はない。

要するに、田々井さんは、診断としては肺炎だが、限りなく老衰的な状況なのである。だからこそ桂は胃瘻という選択肢に違和感を覚えるのだろうが、さりとて先日の三島の問いは、重く脳裏に残っている。

〝胃瘻を作るか作らないかという問題ではない。胃瘻を作るか、患者を死なせるかという二者択一の問題だ〟と。

問題の本質は、意外なほど重い。

深々とため息をついたところで、休憩室のカーテンが動いて、沢野が顔を覗かせた。

「起きたみたいね、桂先生」

「昨夜《ゆうべ》は助かったよ、ありがとう」

「どういたしまして。とりあえずそろそろ日勤のメンバーが来るから、出た方がいいかもよ。あんまり公然とイチャイチャしてると、先生はよくてもミコがおばさんたちから焼きもち焼かれるんだから」

「サワ！」と、腰に手を当てた美琴が、同期を睨みつける。

「イチャイチャなんてしてません」

「あれまぁ」とわざとらしくおどけて見せた沢野は、

「もったいないわね。心優しい同期が、せっかく二人っきりの時間と場所を作ってあげたのに」

こういう舌戦となると、美琴は沢野に遠く及ばない。美琴は、頬を赤くしたまま「心優しい同期」を睨みつけるばかりだ。

ふふん、と鼻で笑いながら沢野が「そんなことより」と続けた。

「到着したわよ、田々井さんとこのご家族」

苦笑していた桂はすぐに表情を改める。

「主治医は仮眠中だから、ちょっと待っててくれって言ったんだけど、すぐ仕事に行かないといけないから、早く話を聞かせてくれって」

なかなか慌ただしい人である。

桂の脳裏に浮かぶのは、神経質そうに眉を寄せた孫の男性だ。

昨夜も一度、田々井さんの呼吸が悪くなったときに連絡をとったが、そのときは夜に呼ばれてもすぐには行けないとの返事であった。それが朝になって突然現れて、今からすぐに説明してほしいという。

「お孫さんって、結構、要求度が高そうな人なの、サワ」

「さあ、見た目は普通の四十前のサラリーマンって感じ。非常識ってわけじゃないけど、生活に追われていて余裕がない人って雰囲気ね。あれじゃいい女は寄りつかないわ」

いかにも沢野らしい論評が笑いを誘う。

なんとなく緊張が解けてほっとした桂は、すぐに気持ちを切り替えて立ち上がった。


田々井昭への説明は実に速やかに終了した。

桂の説明の手際が良かったからではない。相手が仕事で忙しいからと急《せ》き立てて、早々に終わらせてしまったのである。

そのまま502号室に足を運べば、田々井さん本人は相変わらず身じろぎもせず横たわっている。変わったことと言えば、酸素マスクが増えたことくらいで、説明を聞いた孫の昭は、病室に立ち寄ることさえないまま帰ってしまったらしい。桂の脳裏に、つい数分前のＩＣの景色がよみがえる。

〝そうですか、また肺炎ですか〟

なにか、会社の上司から急な厄介事を頼まれて迷惑しているといった様子の深いため息が印象的であった。

少しくたびれたスーツを着込んだ姿は、学会に出かけた時の桂とは対照的に、まことに板についている。カルテを見れば三十八歳ということで、それなりに働き盛りのはずだが、神経質そうな目元には微妙な苛立《いらだ》ちも見え隠れしていて、沢野の辛口の論評が意外に的を射ているのではないかと妙なことに納得したものだ。

痰の方は今は落ち着いているが、肺炎の治療が必要で、まだどうなるかはわからない状況だと説

明すれば、それを遮るようにして、

〝先生、夜の電話はいりませんよ。夜中に起こされるのは大変ですし、なにかあったら朝に妻に連絡してくれればいいですから。私も仕事がありますので〟

そう言って立ち上がろうとする有り様である。

予定していた胃瘻は一旦《いったん》延期になると告げても、

〝結構です、先生の都合のいいようにやってください。とにかくできることを全部やっていただいて、また施設に戻してもらえれば、それで良いですから〟

常日頃から時間に追われている人なのか、そう口早に告げると、早々に一礼して退室していったのである。

桂はひとつ大きくため息をついて、目の前に横たわる老人に視線を戻した。

骨と皮だけに痩せた体。

半開きになった口元からは相変わらず涎が流れおち、薄く開いた目は焦点もさだめぬまま中空に固定されている。

「できることを全部やっていただいて、か……」

言葉だけをとらえれば、真摯《しんし》な家族の心情ということになるだろうが、当の家族のまとっていた空気はとてもそうとは言い難い。どちらかと言うと、些末《さまつ》な問題にかかわっている時間がないとでもいうような気ぜわしさだ。おまけに「施設に戻してもらえれば」というあたりは、なにか不要になった借用品の返却について話してでもいるような無関心な語調であった。

桂はもう一度大きくため息をついてから、今度はそっと隣のやゑさんのベッドを覗き込んだ。

ベッドの上では小柄なおばあさんが小さな寝息を立てている。ベッドサイドモニターも今はアラームもなく静かに点滅しているだけだ。

胆管炎が再発したやゑさんは、夜間に40度近くまでの高熱になったが、その後徐々に下がって明け方には37度台になっている。それに伴って腹痛も改善したようで、ようやくひと時の安息を得たやゑさんは、覗き込んだ桂にも気づかず寝入っているようだ。

そのまま立ち去りかけた桂が、しかしふいに足を止めたのは、ベッド脇の椅子に腰かけたままうたた寝をしている八蔵に気づいたからだ。夜中に駆けつけた息子が、禿げあがった頭を揺らしながら、ゆるやかな鼾《いびき》をかいている。

夜の十時に病棟からの連絡を受けた八蔵は、一時間もしないうちに病室に姿を見せたのである。駆けつけるなり「今度こそ死にますかい」などと相変わらず過激な発言をしていたが、桂の説明を聞いたあとはさすがに声を小さくした。

〝メシを食わせれば熱を出す。治療をすすめれば嫌がる。まったく手のかかる患者ですなぁ〟

そんなことをつぶやきながら、椅子に腰を下ろして高熱の母親を見守っていたのだが、それから朝までずっと付き添っていたらしい。

今は親子二人の心地よさそうな寝息だけが聞こえている。

桂は八蔵を起こさぬようにそっとカーテンを閉めた。

家族の付き添うやゑさんのベッドも、誰も付き添わぬ田々井さんのベッドも、不思議なほど静かであった。

やゑさんを外泊させたいと八蔵が申し出てきたのは、それから数日後、金曜日の午後であった。桂が回診に出かけたところで、ちょうど見舞いに来ていた八蔵に出会ったのである。

「またいつ熱を出すかわからんのでしょう？　先生」

昼下がりの明るい陽射しが差し込む面談室で、八蔵は、禿げた頭を撫《な》でながら、そんな風に切り出した。

「せっかく熱が下がったとはいえ、またメシを食えば具合が悪くなるかもしれんのでしょう。あんな陰気な病室で、お迎えはまだかとじりじりしているくらいなら、元気なうちに、ちょっと連れ出してやりたいと思いましてね。ちょうど明日が土曜日で、週末なら仕事もないですから俺も時間が作れるんですよ」

ぱちぱちと額を叩きながら、そんな言葉を口にする。

桂がそっとすぐ傍らに立つ美琴に目を向ければ、美琴も落ち着いた態度でゆっくり頷き返す。桂はすぐに向き直る。

「外泊は悪くないと思います。けれども危険があることも頭の片隅に入れておいてください。何か急に具合が悪くなったとき、院内にいれば、すぐ点滴もできますが、院外にいるとどうなるか……」

「かまわんですよ。先生」

八蔵は妙に朗らかな声で応じた。

「本人が治療を希望しとらんのです。たとえ病院にいたって、先生の出る幕はないでしょう。それより、どうせ死んじまうなら、その前にどっか行きたい場所に連れて行ってやりたいんですよ」

だめですかい、とまっすぐな目を向けて問う態度に、桂も否やのあろうはずもない。

いくつかの注意点を説明し、指導医の三島にもＰＨＳで確認をとり、あっというまに二泊三日の外泊が決まったのである。

「なんだか不思議な息子さんね」

美琴がそうつぶやいたのは、面談室から八蔵を送り出したあとのことだ。

面談内容を電子カルテに記載していた手を止めて、美琴が片ひじをついたまま微笑していた。

「こういう展開は予想しなかったわ。あの人、結構口が悪いからいろいろ心配していたけど、この前は朝まで付き添ってくれたし、今日はこうして外泊の話を持ち出してくるなんて、結構お母さん思いなのかもね」

「そうだね」と桂も閉じた扉を見つめながら頷く。

「人は見かけによらないって言葉通りだよ。きっちりスーツ着て身なりを綺麗にしていても、ろくに病院にも来ないで〝できることは全部やってくれ〟なんて言う人もいるんだから」

「珍しく毒吐いてるわよ、先生」

美琴のさらりとした指摘に、桂は思わず口をつぐむ。

戸惑いがちに見返せば、美琴が微笑を苦笑に変えて見守っていた。

言われてみれば、いつになく際どい言葉を口にしていたと思う。自分で考えている以上に、いろいろ胸の内に引っかかっているものがあるのかもしれないと気が付いて、桂は小さくため息をついた。

「意外にストレスたまってるでしょ？」

「かもしれない」

桂は頭を掻きながら、

「やゑさんにしても、田々井さんにしても、医者としてどう対応することが正しいのかわからなくてね。肺炎の抗生剤を選んだり、胃カメラの練習をしている方がずっと気楽だよ。三島先生も、ほとんど何も言わないから」

何も言わないのは、それだけ仕事を任されているということの表れであることは桂も理解している。前にも言われたとおり「悩みなさい」というのが指導医の哲学なのだ。そういう意味では、優しいという以上に厳しい先生ということなのだろう。

「どうやら陰気な病院から連れ出した方がいいのは、やゑさんだけじゃないみたいね」

美琴の明るい声に桂は首を巡らせる。

「やゑさんみたいに外泊ってわけにはいかないと思うけど、明日、ちょっと出かけるくらいの時間はある？」

「朝やゑさんを送り出せば、病棟の方は大丈夫。ただ急患はわからないけど……」

「じゃ決まりね」

言いながら、美琴が手元のノートパソコンのモニターを桂の方に向けて言った。

「明日の日直はちょうど三島先生だから、急患も任せちゃえばいいのよ」

いたずらっぽい笑顔を見せる美琴に、桂はまだまだかなわないと思うのである。

国道158号線を、上高地方面に向かって進んでいく。

梓川の扇状地帯をさかのぼるように緩やかに登っていくその道は、やがて徐々に両側から山がせまるにつれて民家が減り、田園地帯へと変わっていく。

土曜日の早朝、美琴が愛車のラパンに桂を乗せて向かったのは、そういう土地であった。

どこへ？　と問う桂に「秘密」と笑った美琴は、勢いよく車を発進させた。

晴れた空からは柔らかな日の光が降り注いでいるが、まだ上高地の開山までは程遠い初春の国道は、さほどの交通量もない。

ラパンが西進する国道を南側へ逸《そ》れたのは、両側の山がもうずいぶんせまり、辺りがなかば峡谷の気配を漂わせてきたころだ。

格別の標識もない小さな農道に入り、古い日本家屋と田畑が入り交じった小道を蛇行しながら登っていく。そのままさして時間もかからず、山林の開けた広々とした斜面の前の空き地でラパンは止まった。

「こんな場所になにか……」とつぶやきかけた桂は斜面を眺めやって、ふいに口をつぐんだ。

そのまま車を降りて、額に手をかざす。

斜面は遠目には格別の景色ではない。ただすぐ下方には素朴な林道が連なり、まばらであるが、人影がちらほら見える。その人影が指さす斜面のところどころに、青紫の色彩が散っていることに気が付いて、桂はふいに胸の高鳴りを覚えた。

「カタクリ？」

「さすが花屋さん」

遅れて車を降りた美琴が明るい声を響かせた。

桂はほとんど無意識のうちに歩き出す。

土肌の露出した斜面は、一見しただけでは、まばらな草と土に覆われたただの山肌である。だが、よく目を凝らせば、そこかしこに紫色の鮮やかな色彩がちらついている。

「地元では有名な場所なの。できれば二、三週間後の一番いい時季に教えてあげたかったけど、ずいぶん疲れていたから、早めでもいいかと思ってね。なにより来月になったらなったで、大学でまたきっと忙しくなるでしょ」

軽い足取りで後ろを歩いてくる美琴が、そんな言葉を告げる。

桂は木の手すりや階段で整備された林道まで来て、目の前の斜面を改めて見上げた。

カタクリの花。

それはゆったりと頭を垂れるようにうつむきながら、大きな薄紫の花弁を背後にそらせるように開いた艶《あで》やかな花だ。まだ気温が低く、多くの花が咲かない寒い時季から花開くため、春の訪れを告げる代表花としても知られている。

けしてどこでも見られる花ではない。水と土が綺麗でなければいけないが、それだけではない。環境変化に弱く、土地開発や温暖化などの影響で、その数が急速に減りつつある。鉢への植え替えも相当に気をつけなければすぐに枯れてしまう花だ。

「カタクリの群生地なんだ……」

広々とした斜面全体に目を向けた桂は、なかば呆然《ぼうぜん》としてつぶやいていた。

今はまだ蕾も多く、咲いている株の方が少ない。しかしこれがすべて開花すれば、斜面そのものが青みを帯びた澄んだ紫色から淡い桃色に染まるに違いない。

「カタクリって珍しい花なんでしょ。花が好きな人なら、連れて行ってあげると喜ぶんじゃないかって、母に言われたのよ」

「珍しい花だよ。しかも群生地って、日本中でもそんなに多くはないんだ」

辺りの林道には地元の人なのか、腰の曲がった老婦人や、よちよち歩きの子供を連れた若い母親らしき人の姿が見える。花期にはまだ早いが、それでもなんとなく人が足を運んでくる大切な場所なのであろう。

林道の向こうには、車椅子を押した男性の姿もある。

桂は足を止めてから、大きく息を吸い込んだ。

カタクリは香り高い花ではない。けれどもカタクリの咲くその風景には、春の匂いがあると桂は思う。

「昔はね、カタクリってどこにでも咲いてる花だったんだよ」

桂は斜面を見上げたまま告げた。

すぐ隣に並んだ美琴は、耳を澄ましているかのように何も言わない。

「野山を歩けばいくらでも見つかる当たり前の山野草だったんだ。でも高度成長期の乱暴な土地開発で群生地がどんどん消えて、そこに安易な盗掘と、温暖化という環境変化が重なって、その数が激減したって言われてる。こんなにまとまった数を見られることなんてほとんどない」

「そんなに貴重なんだ」

「貴重だよ」

桂は、自分でも不思議なほど声に力を込めていた。

「カタクリって、花が咲くまでに七、八年はかかるって言われているんだ。だから一度消えてしまうとそう簡単に群生地は戻ってこない。そういう貴重な花が、こんなまだ寒い時季に、雪解けの間の土から姿を見せる。だから春の妖精だとかって言う人たちもいる。妖精って、なんだか担ぎすぎている気もするんだけどね」

淡々と説明しながら振り返れば、美琴の方は、カタクリの花には目もむけず、やわらかな微笑を浮かべて桂を見返していた。

「変なこと言ったかな？」

「全然」

笑った美琴は、軽く髪をかき上げながら、

「やっぱり先生って、花の話をしているときが一番楽しそうね。連れてきて正解だったわ」

そんな言葉に、桂は思わず知らずはっとした。

いつのまにか、胸の奥底に沈殿していた憂鬱《ゆううつ》な空気が、ゆっくりと流れだしていた。憂鬱がなくなったわけでは無論ないが、そこに心地よい春の風が吹き込み、積もり積もった心の汚泥をそっと押し流してくれつつある。

そういう貴重なひと時をつくってくれたのは、ほかならぬ目の前の女性なのだ。

「美琴……」

「下手なお礼の言葉なんていらないわよ」

桂の機先を制するように美琴が遮る。

「デートの本番は再来週だってこと、忘れないで。実家に来てくれるの、お母さんがすっごく楽しみにしてるんだから」

「あんまり期待されると緊張するんだけど……」

「バカね、お互い様よ」

歯切れのよい言葉が、桂の胸の内を心地よく吹き抜けていく。やがて日の当たる斜面に、二人の小さな笑い声が響いた。

「妙なところで会いますな」

ふいにそんな太い声が飛び込んできて、桂は驚いて振り返った。見れば、先ほど向こうに見えていた車椅子を押していた人物が、いつのまにか二人のすぐそばに立っていた。

どこかで見た顔だと思いつつ、誰かわからぬまま桂が戸惑う横で、

「内島八蔵さん？」

美琴が驚きの声を上げていた。

桂もにわかに思い当たって、あっと声を上げる。立っていたのは内島やゑさんの息子であった。

桂が困惑したのも無理はない。もともと院外で顔を合わせることなど想定もしない相手だったのだ。

「いやぁ、こんなところでお会いするとは思いませせなんだ」

あははと笑いながら毛糸の帽子をとると、トレードマークの禿げあがった頭が目に飛び込んでくる。軽くおじぎをした八蔵は、太い指で車椅子を指さした。

座っていたのは、ほかならぬやゑさん本人であった。

分厚いダウンジャケットの上から顎《あご》まで埋まるようにマフラーを巻き付けて腰かけている。まぎれもなく、つい今朝方外泊に送り出したばかりのやゑさんだ。

「母ちゃん、病院の先生だよ」

その声に誘われるようにして顔を上げたやゑさんは、すぐに皺だらけの目を細めて微笑んだ。

「こりゃあ」と笑ったやゑさんは、ありがたいことです、と両手を合わせる。そのしぐさも落ち着いた声音も、桂にとってはもう馴染《なじ》み深い光景だ。

桂は車椅子に歩み寄って膝《ひざ》をついた。

「やゑさんもカタクリを見にきたんですか？」

「ここは子供のころからの遊び場だったでね」

頷いたやゑさんは、細い腕を伸ばして、斜面から見下ろす北側のささやかな日本家屋の集まりを指さした。そのうちの一軒がやゑさん宅だと言う。

「ほんに、すぐそばですわ」と八蔵が笑いながら、

「母ちゃんにとっては、子供のころから見上げてきたカタクリ園なんですよ」

「昔はねぇ」とやゑさんが眩《まぶ》しそうに斜面を見上げながら語を継ぐ。

「ここだけじゃなくて、いくらでも山に入れば咲いていたんですよ。それがずいぶん減って、皆でなんとか守ろうって動いて、やっとここだけは昔のように戻ってきたところです」

懐かし気に視線を動かす母親を、息子は楽し気に見守っている。

「毎年ここが咲くのを楽しみにしていたから、死んじまう前に、もう一度くらいは見せてやりたいと思ったんですよ」

それで急な外泊の話が出てきたというわけだ。

「できれば満開の時季にと思ったんですが、なんせ、もう半分くらいは魂があの世に行っちまったみたいな顔してるでしょ。満開になる前に棺桶《かんおけ》に入られたら意味がない。聞いてみたら、本人も見に行きたいって言うもんだから、連れ出してきたってわけで……」

あははと再び大きな声を上げて八蔵が笑ったのは、もしかしたら照れ隠しなのかもしれない。大きく開けた口の中は虫歯だらけで、黒ずんでいるが、言葉の端々には朗らかな陽気さがある。

「まあ、しかしアレですな。先生」

ずいと身を乗り出した八蔵は、いくらか声音を落として、

「可愛い看護婦さん連れて花見っちゃあ、たいしたもんです。うらやましい」

タバコのにおいを漂わせながら、ぽんぽんと桂の肩を叩くと、「それじゃ、また月曜日に戻ります」とやゑさんともども一礼して、林道を過ぎて行った。

反論する暇はもちろん、改まった別れの挨拶もない。なんとも不思議な親子は、凸凹した林道をゆるやかに遠ざかっていく。

「なんだかやゑさん、病室にいたときより顔色良く見えたわね」

並んだ美琴が、桂の気持ちを代弁してくれている。

まだ外気の冷える季節であるが、暖かな陽射しの下で、わずかに咲き始めたカタクリを見つめるやゑさんは、穏やかな笑顔を浮かべ、どこか幸せそうですらあった。

「あんなに落ち着いているのに、また急に熱を出すの？」

桂は小さく頷く。

「胆管結石は残っているからね。ＥＲＣＰで石を取らないことには、また急に具合を悪くする可能性が高い」

「そのＥＲＣＰも危ないのね」

「九十五歳だからね。きっと三島先生なら何とかするだろうけど、それでもとても危険な処置だってことは間違いない」

まして本人が無闇な治療は止めてくれと言っているのである。

今の桂に何かできることがあるわけではない。

「難しいわね」

美琴のつぶやきに桂は頷きながら、再び斜面を見上げた。

青紫の美しい花が、初春の風に揺れている。

カタクリは多年草である。

咲くまでには長い年月がかかるが、咲き始めれば毎年花を広げ、条件の良い土地なら五十年も生きるという話もある。それだけの年月を積み重ねてこれほど繊細な花を咲かせる植物は、けして多くはない。

「美琴」と桂は自然に口を開いていた。

寄り添うように立つ美琴に目を向けて続ける。

「満開になったら、また来よう」

美琴は、風に流れた髪を掬《すく》いあげながら、笑顔で大きく頷いた。

深夜の面談室が、険しい空気で満ちていた。

電子カルテの前には桂が座り、そのすぐ背後には三島がいる。ふたりに向かい合うように座っているのは田々井さんの孫の昭とその妻だ。

「深夜の呼び出しは困ると申し上げたはずです」

昭の棘のある声が室内に響いた。

カタクリ園を訪れてから四、五日が過ぎた平日、時間は夜の十時を回る頃である。

先日肺炎を発症した田々井さんは、抗生剤を点滴しただけですぐに熱が下がったのだが、今日になって再び痰が増え、熱が出始めたのだ。

レントゲン上も肺炎は改善しておらず、呼吸状態が不安定なこともあり、再度経過を説明するために呼び出したのである。

画像を見せて説明したのは桂であり、指導医の『小さな巨人』はすぐ背後で黙って腕を組んで座っている。そうしてその傍らでは、ノートパソコンを開いた中年の看護師が、硬い表情で成り行きを見守っている。

「肺炎なら肺炎でいいです。治療もお任せします。治ったら胃瘻で構いません。病院に任せるとお伝えしたはずです。私たちも忙しいんですよ」

段々語気を荒らげてくる昭に対して、桂は忍耐強く応じていた。

「今度の肺炎は、これまでよりも重症です。両側の肺炎で、しかも胸水も増えています。栄養状態も悪いですから、このまま悪化してくるかもしれません」

諄々《じゅんじゅん》と説くような桂の言葉に、さすがに相手は押し黙る。隣の若い女性は、どことなく面白そうに夫と桂とを見比べている。

「今の状態で先日のように急な痰詰まりを起こせば、窒息から突然亡くなることもあり得ます」

「突然？　病院にいるのにですか？」

眉を寄せる昭に対して、桂は静かに頷いた。

「そういう状態です」

だからこそ、こんな時間に呼び出したのである。

「ですので、胃瘻をどうするか論じていられる状態ではありません。それどころか、急変した場合に人工呼吸器をつけるかどうかなどを決めておかねばなりません」

つまり、と桂は改めて目の前の夫婦を見返した。

「延命治療を行うかどうか、という問題です」

延命治療。

この言葉が持つ難しさを、桂は医療現場に出て初めて感じるようになっていた。

ひと昔前であれば、それほど厄介な話ではなかった、と三島が語ったことがある。

かつては、家族も医師もがむしゃらに医療に力を注いだ時代があった。人工呼吸器をつなぎ、心臓マッサージを行い、できうる点滴を片端から使っていく。そうした上で、まだまだ未熟な医療技術では、結果にさしたる変化は起きなかった。助かる人は助かり、亡くなる人は亡くなったのである。

しかし今は違う。

高度に複雑化した医療技術は、人工呼吸器ひとつとっても、気管挿管をして巨大な装置につなげる大掛かりなものから、顔にマスクを装着するだけの特殊な機器まであり、抗生剤も昇圧剤も血液製剤も選択肢が多く、栄養管理にも多岐にわたる方法論がある。

どのような治療を、どのような患者に、どこまで行うのか。

医師国家試験のために用意された気も遠くなるような数の教科書や問題集の中にも、これらの議論の答えは記載されていない。

「前にも言ったと思いますが」と昭が眉を寄せたまま口を開いた。

「できることは全部やってください。その上でダメならダメで仕方がないと諦《あきら》めます」

「延命治療はそれ自体が、肺炎や心不全を治してくれるわけではありません」

桂はできるだけ急がぬように答える。

「今の田々井さんの場合、呼吸が悪くなった場合の選択肢として人工呼吸器をつなげることになりますが、つないだところで肺炎が治らなければ、亡くなる時間が少しばかり先延ばしになるだけです」

「少しばかりでも、延びるのならいいですよ。できることは全部やってください。難しいことを言われてもわからないんですから」

苛立たし気な返答をしながら、昭は傍らの妻に同意を求めるように目を向ける。妻の方は苦笑いで頷くだけだ。

桂は口を閉ざしたまま二人を見つめていた。口は閉ざしたが、心の奥底は思いのほかに静かであった。

何かがおかしいと感じていた。

その何かが、ゆっくりと桂には見え始めていた。

田々井さんの経過の中で、ずっと感じ続けていた違和感。

できることを全部やってくれという家族の気持ちはおかしくはない。むしろ当然のことである。

寝たきりの患者に胃瘻を作ることは乱暴だという、そういう単純な話をしているのでもない。

命の尊厳に関する考察や、想像力が足りないのではないかというような話も、問題の一端を担ってはいるものの、本質ではない。ひとつひとつを言語化しても、そのたびにもっとも大事な核心から少しだけ逸れてしまう。

そうではないのだ。

大切なことは三島の言葉の中にあった。

それは「悩む」ということではないか。

目の前の孫は、祖父の治療内容について、何も悩んでいない。

〝全部やってくれ〟

〝難しいことを言われてもわからない〟

そういう言葉によって、悩むこと、考えることそのものを停止しているのである。

仕事の忙しさや、祖父との人間関係など、桂にはわからない色々な事情を抱えているのかもしれない。けれどもひとりの人間が死に向かうという切実な事象を前にして、この男性は、現実から目を逸らし、我が身を遠ざけ、彼岸の出来事として医療者に任せようとしている。

悩み続けている桂に比して、相手は悩むことそのものを放棄しているのである。

目の前の人物だけが特別なのではないだろう。

汚いものには蓋《ふた》をして、見て見ぬふりをする。

テレビや小説では〝劇的な死〟や〝感動的な死〟ばかりが描かれる一方で、地味で汚くて不快な臭気を発する〝現実の死〟は、施設や病院に押し込んで黙殺する。

そういう現代の医療が直面している闇の一端が、社会の縮図が、桂の前に立ちはだかっている問題なのである。

桂はそっとすぐ背後の指導医を顧みた。

三島は腕を組んだまま、細い目をさらに細めてじっと見つめ返している。

なんの助言もない。助言はないが、無関心の目ではない。

本当に、すべての判断を桂に一任しようとしているのだ。

梓川病院での研修はあと数日で終わる。これが三島が桂に与えた最後の課題ということであろうか。

「もういいですか、先生」

沈黙の中で、さすがに居心地の悪そうな顔をした昭が告げた。

「先生方に何か不満があるわけではありません。とにかくお任せします。それだけです」

言いながら、もう立ち上がりかけている。

座ったまま見上げた桂の目に、昭は言い訳をするように続ける。

「私も明日は朝早くから仕事がありましてね。年度末のこの時期は特に……」

「カタクリの花ってご存じですか？」

ふいに桂の声が相手の言葉を遮っていた。

は？　と間抜けな声が応じたのは、やむを得ないことであろう。

いくらなんでも唐突な言葉であった。

奇妙な沈黙の間を埋めるように、桂は静かに語を継ぐ。

「カタクリの花って、昔はどこにでもあった花なんです。凛《りん》とした美しい花で、まだ風の冷たいこの時季から咲き始める花なんです」

まったく脈絡のないその言葉に、昭もその妻も困惑した顔を向けている。

しかし桂は構わず言う。

「それほど大きな花ではないんですが、小さいわりに根を深く張る植物なんです。だから下手に育った土地から掘り出すと、大事な根が切れて、すぐに枯れてしまいます。生まれた土地では十年以上も咲き続ける花ですが、根が切れればあっというまです。そういう花ですから、あちこちで安易に盗掘されてどんどん姿を消していったんです。もちろんちゃんと手をかけて鉢に植えてあげれば枯れずに済むんですが、やっぱりそこまで手を尽くせる人ってすごく少ないんです」

傍らの看護師が身じろぎをしたのは、さすがに桂がおかしくなったのかと思ったからかもしれない。

しかし背後の三島は動かない。その沈黙に支えられるようにして桂は続ける。

「病院にはいろんな患者さんがいます。治療をして元気になって帰る人がいます。家族が退院を待っていて、すぐにもとの家に帰っていく人もいます。そういう人たちはいいんです。また元気になって、自分の居場所で次の花を咲かせます。でも」

桂は一度伏せた視線を再び上げて、昭を見返した。

「田々井さんはもう、根が切れてしまっていると僕は思うんです」

田々井さんは、もう何年も話ができない。

身動きもできない。

背中には褥瘡《じょくそう》があり、寝ているだけで痰がつまり、息子はすでに亡くなっていて、孫の昭夫婦も家に連れて帰れる状態ではない。

医学的な話ではない。

もっと根源的な意味で〝根が切れている〟と思う。

だから桂は言うのである。

「このままこの病院で看取《みと》りませんか？」

静かな声が流れた。

昭がわずかに眉を動かした。

「抗生剤はしばらく続けます。でも一週間をすぎて改善がなければ終了しましょう。人工呼吸器もつなぎません。心臓マッサージもやりません。もし仮に、肺炎から立ち直っても、胃瘻は作らずに、少量の点滴だけをして静かに見守る」

桂の声がときおり立ち止まりながらも室内に響く。

背を向けかけていた昭は、いつのまにか桂に向き直って見下ろしている。

「勝手な話かもしれませんが、だめでしょうか？」

それが正しい判断だという確信はない。

論文を調べても答えはない。

けれども、根の切れた花は枯れるのである。

枯れかけた花をもう少しだけ生かすことは不可能ではないかもしれないが、きっと花自身も苦しいに違いない。

桂が言葉を切るとともに、再び沈黙が訪れた。

相手は何も答えない。

ただ先刻のように、気ぜわしく対話を打ち切る態度も示さない。

ややあって、昭がかすかに視線を動かしたのは、傍らに座ったままの妻が、軽く袖《そで》を引いたからだ。他人事のような態度で見守っていた妻が、今は柔らかな苦笑を浮かべて夫を見上げている。

「カタクリ、ですか……」

昭はひとつ小さく息を吐き出してそうつぶやくと、袖を引く妻に頷き返してから、

「じいさんが、好きな花でしたよ」

そう言って、桂の前の椅子にゆっくりと腰をおろした。そのまま正面から桂を見返し、落ち着きを取り戻した声で告げた。

「すいませんが、もう一度、話を聞かせてもらえませんか」

桂は背筋を伸ばしたまま、大きく頷き返した。

低く、重い響きが聞こえる。

腹の底を揺さぶるような太い抑揚が、薄暗い廊下に、ゆったりと流れてくる。

どこからともなく届いてきた、その聞き慣れぬ音を耳にして、桂は医局の前の廊下で足を止めた。

時間は深夜の十二時。

昭への説明が終わり、医局に戻ってきたところである。

薄暗い廊下に陰々と響いていく不思議な音は、最初、過労による幻聴かと桂は不安になったが、そうではなかった。戸惑いがちに医局の中を覗き込むと、部屋の中央のソファに、一足先に病棟から出て行った指導医の姿があった。

『小さな巨人』が、ゆったりとソファに腰かけたまま、目を閉じ、膝の上で軽く手を組んで、朗々と声を響かせて歌っていたのである。

大きな声ではない。しかし揺るぎない力強さがある。

歌の調子は重く、ときに軽く、自在に変化してつかみどころがない。

低く地を揺さぶるように沈滞したかと思うと、ふいに高く伸びあがり、軽やかに跳躍してまた太い響きに戻る。言葉のひとつひとつを聞き分けることはできないが、胸の奥に、腹の底に染みてくるその声に、桂は圧倒される思いであった。

しばし戸口で立ち尽くしていた桂が我に返ったのは、三島の声が唐突に途絶えたからだ。三島が桂に気づいて、ゆっくりと首を巡らしていた。

にわかに舞い降りた沈黙の中で、三島は眉ひとつ動かさない。

慌てる桂にかまわず、三島は静かに立ち上がる。

「カルテの記載は終わったかね？」

「終わりました」

「ご苦労」

三島は、そのまま落ち着き払った動作で、壁際にあるコーヒーポットから二つのカップにコーヒーを入れ、またソファに戻ってくる。カップのひとつを向かい側に置き、そこに桂を促しながら、三島が告げた。

「謡《うたい》というものでね」

桂は慌ててうなずきながら、三島の向かいに腰を下ろす。うなずく以外に、返答のしようがない。三島の「謡」については、噂くらいは聞いていたが、こういう形で直面することになるとは思いもしなかったのだ。そして実際に耳にしてみれば、噂と事実とはずいぶん異なる印象であった。

「観世流というのだよ」

「初めて聞きました」

「驚かせてすまないね」

「いえ」と桂は言葉に詰まりながら、

「直接聞くことができるとは思いませんでした。ありがとうございます」

そういう返事の仕方が正しいのかどうかはわからない。しかしそれが桂の率直な思いであった。

三島の、いつも泰然と構えて顔色一つ変えず患者を診察している姿と、深夜の医局で朗々と謡を歌う姿とは、かけ離れているようでいて、そうではない。三島という人間の不思議な魅力に、桂は理屈ではない部分で触れたと思うのである。

「普段からこんな場所で歌うことはない」

再び三島が口を開いた。

「しかし気持ちが高ぶったときは、ふいに歌いたくなることもあってね」

「高ぶったときですか？」

三島の珍しい言葉に、桂は思わず繰り返す。

三島はゆっくりと香りを楽しむようにカップを目の前で揺らしながら、

「カタクリの話はとても興味深かった。今夜はすぐには眠れそうにない」

唐突な展開に、思わず桂は身を硬くした。

そっと窺《うかが》うように見返せば、カップを口元に持ったまま、かすかに三島が唇の端を動かした。

微笑しているのである。

「すいません」

「なぜ謝る？」

「まとまりのないＩＣになってしまいました」

「そんなことはない。論理的ではなかったが、風変わりで、際どくて、独創的で……」

三島は一口コーヒーを飲んでから付け加えた。

「悪くないＩＣだった」

誉め言葉であった。

寡黙な指導医からこれほど率直な言葉を受けるのは、初めてであった。

昭が椅子に座りなおしてから、さらに三十分以上、桂は自分の考えを話したのだ。

自然に看取るとはどういうことなのか。

点滴を一本だけに限定して見守れば、ゆっくりと体は弱ってくる。血圧が下がり熱が出ることもある。けれども大きな治療は再開しない。痰の吸引はする。体を清潔に保てるように清拭《せいしき》は行う。しかし場合によっては点滴そのものも止めて見守る。

そうして一輪の花が静かに土に返っていくように、旅立つことになる。

流暢《りゅうちょう》な話しぶりではない。けれどもひとつひとつ言葉を積み上げるような桂の態度に、相手は遮る様子を見せなかった。

じっと黙って聞いていた昭は、結局「先生のやり方でお願いします」と告げたのである。

「世の中には色々な疾患があり、色々な治療法がある」

三島が手元のコーヒーカップを見つめたまま告げた。

「薬も処置具も山のようにあり、それぞれの使用法には詳細な説明書がつき、どんな治療をすればよいかのガイドラインも無数に用意されている」

しかし、と三島はコーヒーを一口飲む。

「どこで治療を引き揚げるべきかのガイドラインは存在しない」

三島の静かな声に、少しだけ力がこもった。

「医療は今、ひとつの限界点に来ている。『生』ではなく『死』と向き合うという限界点だ。乱暴な言い方をすれば、大量の高齢者たちを、いかに生かすかではなく、いかに死なせるかという問題だ。医学の側には、残念ながらほとんど何の準備もできていない。一部の学会からは看取りのガイドラインのようなものは出されているが、内実の伴わない空虚な文言しか並んでいない。一方で社会の側においても、どうやって死んでいくべきかという問題と正面から向き合う人はとても少ない。

自宅で家族を看取ることが稀《まれ》になった現代では、ほとんどの人が、人間の死に触れたことがなく、考えたこともなく、無関心になってしまっているのだから」

普段はあまり多くを語らない指導医の言葉が、途切れることなく紡ぎだされていく。三島自身が言ったように、いくらか気持ちが高ぶっているということなのか。しかし聞こえてくる声はどこまでも落ち着き払って、普段と変わりない。

桂は一言も聞き漏らすまいと、微動だにせずその声に耳を傾ける。

「死に無関心な人々が突然、身近な人の死に直面すれば当然のごとく混乱する。驚き、慌て、ときには医療者に対して理不尽な怒りをぶつけてくる。そうかと思えば、今夜のあの孫のように思考を停止し、すべてを医師に押し付けて見て見ぬふりをする。どちらにしても困った事態だが、同情の余地がないでもない。彼らは頭が悪いわけではなく、ただ死というものに対して無知であるだけなのだから。そういう無知な人々に対してどのように医師は接するべきか、これはとても難しい問題なのだ」

一度言葉を切った三島は、しばし目を閉じて黙考し、さらに続ける。

「だが、だからといって我々が怠惰であっていいわけではない。むしろ、それだからこそ日常的に『死』を見守っている我々が、悩み続ける必要があるのだ」

そこまで言ってから、三島はそっと桂に目を向けた。

「その意味で、君は、いい内科医になるかもしれないね」

桂は思わず身を硬くする。

「それは多分……、だいぶ過大な評価です、先生」

「もちろんだ。あくまで〝かもしれない〟と言っただけなのだから」

小さく肩を揺らして笑った三島は、ゆっくりとカップを傾けた。

桂はそのまま視線を手元のカップに落としたが、口をつけぬまましばし沈黙する。

その脳裏に、錯綜《さくそう》する思いがある。田々井さんの件と並んで、ここ数日桂が考え続けてきた問題がある。

「飲まないのかね？」という低い声に導かれるように、桂はもう一度指導医に目を向けた。

「先生、もしかしたら誉めていただいたおかげで調子に乗っているのかもしれませんが、ひとつお願いをしてもいいでしょうか？」

にわかに改まったような桂の態度に、三島は静かな目を動かしただけだ。

沈黙はすなわち先を促しているということで、桂は心のうちにある思案を、勇気をふるって口にした。

「内島やゑさんに、ＥＲＣＰを受けるようにもう一度、話してみてもいいでしょうか？」

唐突な言葉に、しかし三島は動かない。

桂はさらに力を込めて続ける。

「やゑさんがどう答えるか、わかりません。やっぱり拒否すればそれまでです。でも、僕にはやゑさんの根は切れていないように思えるんです」

桂の脳裏にあるのは、あのカタクリの群生地で見たやゑさんの横顔だけではない。その横顔を見つめていた息子の優し気なまなざしだ。

やゑさんには帰る家がある。待っている家族がある。

患者の人生は患者自身が決めるものだと、内科の教科書には書いてある。その意味では、治療を拒否するやゑさんの意志がもっとも尊重されるべきものだ。けれども桂はそれは少し違うのだと思う。

人はひとりで生きているわけではない。

誰もが誰かとつながって生きている。生きるということはそれだけで誰かに背負われるということであり、同時に誰かを背負うということだ。やゑさんの人生は、息子に背負われている。けれどもやゑさんも息子の人生を背負っている。

根が切れるということは、背負うものもなく背負われることもなくなるということで、そういう意味ではやゑさんは、息子がいて、帰る家があり、好きな花がある。

きっと根が切れてはいないということなのだ。

「何が正解なのかは僕にもわかりません。けれども、ＥＲＣＰで石を取って息子さんのもとに帰るという道を、もう一度検討してみるのは、間違いではない気がするんです。もちろんＥＲＣＰがいかに危険かは理解しているつもりです」

「そこまでわかっているのなら、私に確認する必要はない」

三島の返答は短い。

「田々井さんがそうであるように、内島さんも君の患者だ。つまり、患者の治療方針を決めるのは君だ」

「けれど、僕にはまだＥＲＣＰができません」

カップを持ったまま、三島は初めて軽く眉を上げた。

「治療方針を僕が決めても、九十五歳の危険なＥＲＣＰをやるのは先生です」

『小さな巨人』と言われた男が、わずかでも当惑を顔に出す様子は、珍しいことであった。軽く目を見開いたまま、ゆっくりと室内に視線を巡らせる指導医を、桂は息を殺してじっと見守る。

医局の中を見回した三島は、やがて小さくつぶやくように告げた。

「なるほど、それは考えていなかった」

そのまま卓上にカップを戻してから、桂に目を向ける。

「九十五歳のＥＲＣＰはなかなかストレスだね」

「わかっているつもりです」

「ではそのハイリスクなＥＲＣＰを引き受ける代わりに、私からもひとつ君に頼み事をしよう」

「頼み事ですか？」

意外な展開に、桂はまた緊張する。

三島はいくらか大仰に沈黙を置いてから、いつもの低い声で告げた。

「十年後には、君がＥＲＣＰをできる医者になりなさい。もちろん患者が九十五歳であってもね」

窓も開いていないのに、ふわりと心地よい風が流れた気がした。

外でかすかに車の動き出す音がしたのは、患者を運んだ救急車が帰っていく音であろう。

「柿崎君も待っていると言っていたよ」

ほのかに笑った三島は、再びカップを手に取って口をつけた。

常にない優し気な空気をまとった指導医を見つめたまま、桂は心中になにか震えるようなものを感じていた。

その感じたものを大切に胸の奥にしまうようにしばし息を止め、それから腹の底に力を入れて短い返事をした。


カタクリは満開であった。

わずか二週間前には、ちらほらと控えめな色彩が見えただけの斜面が、鮮やかな紫色の絨毯《じゅうたん》のように染め上げられていた。

広々としていた砂利の空き地は、何台も車が並ぶ駐車場になり、林道にも人が多い。

駐車場の入り口には「カタクリ祭り」の幟《のぼり》まで立てられている。

「こんなに綺麗になるのね」

美琴の澄んだ声が初春の空に響いた。

ラパンから降り立った美琴は、今日はベージュ色のトレンチコートに、白いマフラーを巻いている。桂は、肩越しに振り返りながら口を開いた。

「美琴も満開を見るのは初めて？」

「そうよ。こういう場所があるってお母さんが教えてくれたのが、ほんの一か月前なんだもの」

並んだ美琴は額に手をかざして斜面を仰いだ。

「お母さんが言うには、私が花に興味を示したのは、保育園のとき以来なんだって。それで気になっている人がいるってばれたの」

桂は思わず笑う。

そんな無邪気な挿話ひとつにも彼女らしい明るさが備わっていて、傍らに立つ桂の心を自然に晴れやかにしてくれる。

「それにしても」と美琴が群生地から桂に視線を移した。

「そんな恰好《かっこう》で来なくてもいいんじゃない？」

美琴が〝そんな恰好〟と言うのは、桂が、着慣れないスーツ姿でいるからだ。つい先ほどまではネクタイまでしていたのを、ラパンの中で美琴が外させたのである。

「でも、美琴のご両親に挨拶に行く以上は、ちゃんとした恰好がいいかと思って……」

「いつもの自然体でいいわよ。スーツが様になるならまだしも、なんか大学の入学式に来た浪人生みたいなんだもの」

あっさりと的確な指摘をされては、桂も返す言葉がない。

三月末の週末、約束通り、美琴の実家に挨拶に行く日が来たのだ。前日からあれこれ悩んだ桂は、結局スーツできっちり出かけるのが無難だろうと考えたのだが、朝、桂をアパートまで迎えに来た美琴は、その姿を見るなり噴き出したのである。

そこから予定の時刻まで少し時間があるからと、満開を迎えたカタクリの里まで足を運んできたところであった。

「ちゃんと元気にやってるかしらね」

澄んだ声が聞こえて、桂が振り返れば、美琴が目を向けていたのは、斜面の群生地ではなく下方に見下ろせる数軒の民家だ。

「やゑさんの家、あの角の大きな二階建てだっけ？」

頷いた桂もそちらに目を向ける。

内島やゑさんが退院したのは、ほんの三日前だ。ＥＲＣＰは無事終わり、石も無事に除去できた。『小さな巨人』の腕前はやはり尋常なものではなく、切開から石取りまでわずか十五分の処置で、大きな合併症もなく終了したのである。

「退院のときのやゑさん、本当に嬉しそうだったわね」

「やゑさんと同じくらい、息子さんもね」

桂の返答に、美琴の笑い声が重なった。

禿げあがった頭を叩きながら満面の笑みで何度も頭を下げていた八蔵の姿は、桂の記憶にもまだ鮮やかだ。こうして歩いているうちにも、もしかしたら、またやゑさんを乗せた車椅子を押して林道に姿を見せるかもしれない。

しばしやゑさんの自宅を見下ろしていた桂は、やがて傍らにそっと視線を動かして問うた。

「今日は美琴のご両親とどんな話をすればいい？」

「心配なの？」

美琴は、面白がるような顔をする。

「そりゃ心配だよ」

「いつも通りでいてくれればいいのよ。お母さんは花が好きだから、先生の好きな話を好きなようにすれば、それだけで盛り上がるわ」

「お母さんは花が好きなのに、娘は桔梗もカタクリも知らなかったわけだ」

「またそういう毒を吐くのね。その汚れた心を、満開のカタクリで清めてから、我が家に来てください」

言った美琴はそのまま桂に背を向けて林道の方に歩き出す。

桂は思わず微笑しながら、その背を見送る。

美琴の姿は、一歩一歩が躍動感に溢《あふ》れていて、見守るだけで心が弾むような空気が満ちてくる。

ともすれば、思考の沼にはまりこむことのある桂にとって、彼女の存在は本当にかけがえのない大輪の花なのだ。

「美琴」

ふいに口に出してそう呼んだのは、意識してのことではなかった。

だから不思議そうに振り返った美琴の姿に、桂も次の言葉はなかった。

「なによ?」

「何でもない」

「変なの」

軽く肩をすくめた美琴は、数歩また歩いてからくるりと振り返った。

「早く行くわよ、正太郎!」

よく通る声で、桂の名前が響いた。

この町に来てそんな風に名前を呼ばれたのは、初めてのことで、戸惑う桂を、美琴がおかしそうに見返している。

「〝先生〟の方がよかった?」

桂はすぐに首を左右にした。

「ありがとう、美琴」

自然に出た言葉であった。と同時に、ようやく口にできた一言であった。

何度か伝えようとして、うまく言えなかった言葉が、透明な日の光の下に響き、美琴は一瞬困惑顔を浮かべたが、すぐによく通る声で応じた。

「どういたしまして！」

笑った美琴はまた身を翻して、林道の方に歩きだした。

無数のカタクリが風に揺れている。

色彩がきらめき、冷気の中に新たな季節の気配がある。

桂は大きく春を吸い込んで、美琴のあとを追いかけた。

エピローグ　勿忘草《わすれなぐさ》の咲く町で

桂は、水路沿いの小道で足を止め、額に手をかざして眼下を眺めやった。

風が湿っているのは、つい先ほどまで雨が降っていたからだが、夜明けとともに雨脚は遠のき、今はもう、雲の切れ間から午前の明るい陽射しが降り注ぎ始めている。

畑地をつなぐ水路、水が張られたばかりの田、濡《ぬ》れた家屋の屋根に、国道の水たまり、そういった景色のそこかしこに光が躍って見えるのは、風に流れる雲のおかげで、光の加減が刻々と変化するからだ。鬱蒼《うっそう》と茂る眼下の雑木林の中に、またたくような光があるのは、上高地から松本盆地へと東流する梓川の水面《みなも》であろう。

「こんなに眺めが良かったんだ……」

小さくつぶやいた桂の視線は、すでに彼方《かなた》の安曇野から、目の前の水路沿いの小道に向いている。水路とともにゆっくりと松林の中を蛇行していく道の向こうには小さな病院があるのだが、ここからは見えない。

桂が初めてこの道を歩いたのは、今から一年前のことである。

借りたばかりの近くのアパートから梓川病院まで、毎日のように通い歩いたこの道の景色は、四季を通じて記憶に鮮やかだ。

　水路沿いに山吹の黄が咲き乱れたかと思えば、たちまち濃緑色の木々が生い茂り、軟らかく降り積もった落ち葉に気が付けば、もう雪の中に足跡が続くようになる。それだけ歩いてきた小道の中に、しかし立木の途切れから安曇野が一望できる場所があることを、桂は知らなかった。

　それはつまり、この一年間、自分が前だけを見て走り続けてきたためだろう、と桂は今さらながら実感する。

　四月から、桂の研修先は梓川病院から大学病院に移ったが、移った先でもしばらくは同じように走り続けていくことになるはずだ。そうして今日のように、あとになって見えていなかった景色にふいに気づくことになるに違いない。

「ちょっと感傷的になってるかな……」

　苦笑とともにつぶやいた桂が、ふと首をひねったのは、遠くから聞き慣れたサイレンの音が聞こえてきたからだ。国道の向こうから疾走してくる救急車が見え、その進路にいる自動車やトラックが次々と道を空けていく。眼下を過ぎた救急車はやがて家屋の中に消えてしまうが、サイレンはよりはっきりと大きくなり、そのまま坂を上ってくると、やがて病院のある辺りでにわかに静かになった。今日も救急部は繁盛しているらしい。

　音に誘われるように病院のある方向に顔を向けた桂は、ちょうど小道の先から駆け寄ってくる人影を見つけた。白のワイシャツに紺のジーンズというシンプルな装いの女性が、息を切らせて駆けてくる。

　桂はゆっくりと右手を上げた。

「お待たせ、正太郎！」

松林の下、桂の手に応《こた》えるように、美琴の明るい声が響いた。

時節は四月半ばである。

桂は二年目研修医として大学病院での仕事が始まり、早くも二週間が過ぎていた。

わずか二週間ではあるが、梓川病院とはまったく違う環境での仕事に、必死でついていこうとしている毎日だ。

配属された科がこれまでほとんど症例を経験したことのなかった神経内科であったことも大変さの一因だが、早朝からのカンファレンスに、準備だけでも大変な教授回診、論文の抄読会からスライド作成と、慣れない作業が山のようにある。梓川病院にくらべて受け持ち患者の数はけして多くはないのだが、気持ちの張りつめた毎日が続いている。

一方、美琴は美琴で、四月から主任代行という立場に昇格し、これまで通りの病棟業務に、新たな会議や書類仕事がくわわっていた。ただでさえ日勤と夜勤が不規則に入り乱れている生活に、不慣れな管理業務が追加されて一層の多忙さだ。

おかげで四月に入ってから、二人で会える機会は一度もないままだったのだが、ようやく互いの休日が重なったのが、四月半ばの日曜の午後。美琴が夜勤明けであることを桂は心配したが、

〝そんなこと言っていたら、次のデートが来年になるでしょ！〟

そんな風に歯切れのよい声で言われて、桂も見当違いの気遣いをやめたのである。

「待った？」

夜勤明けの疲れを微塵《みじん》も感じさせない美琴の笑顔に、桂は率直に感嘆しながら応じる。

「さっき来たところだよ。車も病院の駐車場に置いてきた。夜勤お疲れ様」

「どういたしまして」

「大変だった？」

「いつも通りよ、忙しいけど、それも含めていつも通り」

「相変わらずの急患と急変？」

「どちらかと言うと、せん妄と転倒って感じ」

思わず桂は笑ってしまう。

高齢の患者が、せん妄で大声を上げている様子や、勝手に夜中に歩き出して転んでしまう事態は、梓川病院では日常の景色であった。

「まあ、夜勤はどんなに大変でも、こうして朝には帰れるからね。先生たちの当直に比べれば全然楽なものよ」

大きく伸びをしながら、眼下の安曇野に目を向ける美琴に、誘われるように桂も首をめぐらす。

鏡のように輝く水田地帯の中を、きらきらと光の粒が移動していくのは、軽トラックが農道を横断していくためだ。風が強いのか、頭上の雲は勢いよく流れ、またたくまに青空が広がっていく。

明るさを増した陽射しの下で、水田地帯のみならず、梓川の水面も、常念の雪もことごとくが眩《まばゆ》い。

「いい場所でしょ、ここ」

美琴のはずんだ声に、桂はうなずいた。

「毎日通った道の途中に、こんなに見晴らしがいい場所があったなんて知らなかったよ」

「どうせ、足元の花ばっかり見てたんでしょ」

美琴の爽《さわ》やかな指摘に桂は笑うしかない。

小道に咲く山吹も連翹《れんぎょう》も、水路の脇の梅の古木も熟知していながら、遠くはるかに広がる絶景にはまったく気づかなかったのは事実なのである。

「いつ来ても景色のいい場所だけど、特に今の時期は、私の一番のお気に入りなの」

春が終わりかけの今が一番いいのだと、美琴は告げる。

桜が満開の時期ではない。紅葉に染まる季節でも、雪化粧の彩りでもない。晩春から初夏にかけての、光に溢《あふ》れる安曇野が美琴は一番好きなのだという。

久しぶりに会う日の待ち合わせ場所をここに選んだ美琴の気持ちがなんとなくわかる気がして、桂は彼方を見つめたまましばし動かなかった。

そんな桂がふいに我に返ったのは、並木の向こうから先ほど消えたばかりのサイレンの音が再び聞こえてきたからだ。

鳴り響く救急車の音は、林の向こうの坂をくだって、国道に出たところで、ふたりの視界に入ってきた。雨上がりの国道に出た救急車は、にわかに速度をあげて松本市街地の方へ走り出していく。

救急車が病院に入っていくのは日常の景色だが、サイレンを鳴らしながら出ていくのは珍しいことだ。

「どうしたんだろう。入ってきた救急車がすぐまた出てきたってことは、患者さんの転院かな？」

「多分、今朝診断がついたばかりの感染性心内膜炎の患者さんよ。ちょうど病院を出てくるときに日勤さんが話してるのが聞こえたの。大学病院へ緊急で転院だって」

「朝から搬送か……」

「患者は八十四歳のおばあさんで、主治医は谷崎先生」

桂が軽く戸惑ったのは、『死神』と言われたかつての指導医の名を聞いたからではない。淡々と高齢患者を看取《みと》っていた谷崎の横顔と、患者の大学病院への搬送という事態がすぐには結び付かなかったからだ。

「多分、谷崎先生もあの救急車に同乗しているはずよ」

「先生も一緒に？」

「私もびっくりしたんだけどね」

素直に驚く桂に、美琴が笑う。

「病棟で話している先生の声を聞いたわ。〝いくら死神でも、助かる可能性がある患者を放っておくほど、神経が太くはありませんよ〟って」

眼に浮かぶ景色であった。

今なら桂にもわかることがある。

『死神』などと言われる谷崎も、別に患者の治療を投げ出して怠惰であったわけではない。治療が必要な患者には手を尽くし、寿命だと判断した患者を苦痛なく看取るという普通の医師として行動していただけだ。ただ、谷崎のもとには高齢の心不全患者や誤嚥《ごえん》性肺炎患者が多かったことと、一旦《いったん》看取りと判断したときにあまりに谷崎が淡々とした態度を取っていたことが、『死神』の名につながっていただけなのである。本物の死神なら、患者搬送の救急車に同乗したりはしないはずだ。

遠ざかっていくサイレンの音を見送りながら、桂はほとんど無意識のうちに頭を下げていた。下げた頭を上げたときには、もう救急車の姿も見えず、何事もなかったように安曇野の絶景が広がっている。

「いろんなことがあったわね」

「いろんなことがあったよ」

「もうあれから一年か……」

なにげない美琴のつぶやきが、しかしいつになく深い響きを持っているように聞こえて、桂は傍らを顧みた。

美琴の方は、安曇野の方角を見つめたまま視線を動かさない。

「一年前もね、ここに立って、こうして向こうを眺めていたの。いつもの朝だったはずだけど、それが特別な日になるなんて、思いもしなかったわ」

「特別な日？」

「ちょうど一年前、ここでこうして景色を眺めた日に正太郎に会ったのよ」

思わぬ言葉に、桂はまた美琴を見返す。

美琴はちらりと意味ありげな笑みをひらめかせて、

「正太郎と初めて出会ったのは、七月の消化器内科研修のときじゃないのよ。それより三か月も前の今の時期。まあそのときは、ほんの少し話しただけだから、正太郎は覚えてないと思うけど」

困惑気味に桂が沈黙したのは、しかし美琴の指摘に慌てたからではなかった。

「驚いた」

桂のつぶやきに、今度は美琴の方が首を傾げる。

「あんなわずかな出来事を美琴が覚えているとは思わなかったよ」

「覚えてるの？」

「覚えてるよ、救急外来で会ったときのこと」

美琴が軽く目を開く。

「サンダーソニアを鈴蘭と間違える人なんて、めったにいないからね」

あ、と小さく声を漏らした美琴は、軽く睨《にら》むように眉《まゆ》を寄せた。

「そういう余計なことは忘れてくれていいの」

桂は思わず声を出して笑った。

桂にとっては本当に貴重な思い出なのだ。

初めて医師として病院で勤め始めたばかりの頃。しかもあの日は初めての当直で疲れ切った朝だったはずだ。

救急部の窓際でしおれかけていたサンダーソニアの花が、どことなく疲労困憊《こんぱい》した自分と似ているような気がして、つい手を伸ばした朝であった。

花瓶も洗って水を新しくしようと思ったものの、慣れない場所では勝手がわからず、どうしたものかと悩んでいたところで、わざわざ声をかけて水場に案内してくれた明るい看護師のことを、桂は今も鮮明に覚えている。

それから一度も接点がないまま三か月が経ち、消化器内科の病棟で久しぶりに美琴を見かけたとき、にわかに胸が高鳴ったことも事実なのだが、それは恥ずかしいから言わないつもりだ。

なんとなく気恥ずかしい思いがして視線を落とした桂は、足元に小さな青い花を見つけて軽く目を見張った。澄んだ青色の五弁の花びらが集った愛らしい花が、かすかな風に揺れている。

「知ってる花？」

思わず知らず花のかたわらに膝《ひざ》を折った桂の横に、美琴が並んで覗《のぞ》き込んだ。

「毎年咲いているの。青くて可愛らしい花よね。そんなに咲いているところに出会えないから、こうして見られたときは運がいい日だと思ってるの」

「その通りだよ」

桂は静かに答えた。

桂の胸の内にはかすかな高鳴りがある。

「エゾムラサキだ。こんなところで見られるとは思わなかった」

「エゾムラサキ？」

「日本の在来種だけど、北海道以外の場所だとほとんど見ることはできない花だよ。本州だと長野県の松本盆地が数少ない自生地だって言われている。でもそれも上高地辺りまで行けば咲いてるっていうくらいの話なんだ。こんな人の住んでいる土地の片隅で会えるなんて、とても珍しいと思う」

説明しながら桂がふいに小さく笑ったのは、自分で自分が早口になっていたことに気づいたからだ。

見上げれば、案の定、美琴が楽しそうな顔で見守っている。

「花屋さんの突然の一分講座は、嫌いじゃないわよ」

「どういたしまして。なんにしてもエゾムラサキを出勤途中に見ていたなんて、まちがいなく幸運だよ」

「幸運は嬉《うれ》しいけど、エゾムラサキか……、明日には忘れちゃいそう」

てらいもなくそんな風に答える美琴に、桂は笑いながらまた花に視線を戻す。

「普通は、勿忘草《わすれなぐさ》っていう名前の方が有名かもしれない」

「ワスレナグサ？」

「勿忘草にもいくつか種類があるんだけど、日本古来の勿忘草は唯一このエゾムラサキだけだって言われてる」

「ワスレナグサか、なんか意味深な名前ね」

「ヨーロッパの伝説が名前の語源なんだ。私を忘れないでください、って花言葉もあるくらい」

「今の私の気持ちにぴったりの花ね」

ふいに降ってきた言葉に、桂は戸惑い勝ちに顔を上げた。

美琴の穏やかな視線は、今は青い花に向けられている。

「梓川病院を卒業して、大学に行って、どんどん忙しくなっていく桂先生が、〝私を忘れないでください〟って気持ち」

桂は慌てて立ち上がった。

「そんなことにはならないよ」

「だといいけど、患者思いの桂先生はますます忙しくなるから、会える時間なんて限られているしね」

そこまで言ってから美琴は急に大きく息を吐きだした。

「ああ、やだやだ。なんか急に愚痴っぽくなっちゃった。早くお昼ごはん食べに行こ！」

言うなりくるりと背を向けて野道を歩き出す。

その背中が、思ったよりも華奢《きやしや》に見えて、桂はふいに大切なことに気がついた。

大学病院に移った桂は、まったく異なる世界に対応するだけで精一杯であった。しかし梓川病院に残った美琴には別の思いがあるだろう。新天地に出て必死に駆け回る桂と、少しずつ距離ができてくるのではないかと。それは当然といえば当然の不安だ。むしろ気づかなかったのは桂の甘さということであろう。

「大丈夫だよ」

静かに桂は答えていた。

先を数歩歩き始めていた美琴が、ふわりと振り返る。

「何が大丈夫なの？」

「何でも大丈夫」

「何よそれ」

「研修医が終わったら、ちゃんと美琴を迎えに来ようと思ってるから」

心のままに吐き出した言葉は、思いのほか力強く小道に響いて、静かに木立の間に消えて行った。

美琴は振り返ったまま、しばし立ち尽くし、やがて目元に困惑を浮かべ、それからその頬を少しだけ朱に染めた。頬を染めたまま、美琴はまっすぐな視線を桂に向けた。

「あんまりはっきり聞こえなかったんだけど、もう一回言ってくれる？」

「二度繰り返すには、結構、勇気のいる言葉だよ」

「そのくらいの勇気もない意気地なしなら、私を捕まえるのは諦《あきら》めた方がいいわ」

さらりと返す歯切れのよい言葉には、いつもの美琴らしい明るさがあった。だから桂は、すぐに同じ言葉を繰り返した。

「研修医が終わったら、美琴を迎えに来ようと思ってる。待っていてほしい」

「了解！」

返答とほとんど同時に美琴は、ぱっと飛び出して桂の胸に飛び込んだ。驚いて抱きとめる桂の胸元に紅潮した美琴の頬がある。

今度は桂が戸惑う番だ。

「了解って…、意味わかってる？」

「わかってるわ。一年くらい待っててあげる。でもそれ以上は保証しないからね」

次の瞬間には、何か言いかけた桂の唇を美琴のそれがふさいでいた。

ひとつひとつが突然で、予測を超えていて、しかも本当に魅力的だと、桂は素直に認めるしかない。わずかの時間を置いて離した唇から、すぐに次の言葉が飛び出してきた。

「忘れないでよ。勿忘草が保証人」

「勿忘草の方が困るよ、きっと」

「困ってるのは私の方でしょ。人の気も知らないで、花の説明ばっかりしているんだから」

「それは気を付ける」

「気を付けなくていい」

美琴がさらりと切り返す。

「正太郎は花屋さんなんだから」

明るい声とともに、美琴は身を翻して小道を駆け出した。

「お昼ごはんどこ行くの？」と明るい声が響き渡る。

桂は笑ってその背中を見送りつつ、そっと足元の小さな青い花に目を向ける。

勿忘草は、〝私を忘れないで〟という言葉に関連して、思い出や、記憶といった意味合いを持つ花だ。けれどもそれは白い勿忘草の持つ花言葉で、青い勿忘草にはもうひとつ大切な意味がある。そちらの方がずっと大切だったのだが、さすがに安易に口に出して言えるものでもない。ただ来年は、この青い花を持って美琴を迎えに行こうと、桂は心の中ではっきりと決めた。

そうして顔を上げた桂は、空を見上げて軽く目を瞠《みは》った。

新緑の山麓《さんろく》から、安曇野のただ中へ、ゆったりと弧を描く見事な七色が見えたのだ。いつになく大きな虹の架け橋が、梓川の両岸をつないでいる。

桂の声に美琴が振り返り、すぐに虹に気が付いて歓声を上げた。華やかな声とともに手招く美琴のもとに、桂はゆっくりと歩き出す。

雲はすでに全く流れて見えず、空は抜けるように青い。

どこからか、かすかに聞こえた鈴の音は、眼下の坂道をかけて行く子供たちの熊鈴だろう。赤、黄、青と多彩な色が躍って見えるのは、それぞれの小さな手の中で風車《かざぐるま》が回っているからだ。

山も空も木も花も、ことごとくが明るい。

安曇野は、春であった。

初出

窓辺のサンダーソニア
書き下ろし

秋海棠の季節（「秋海棠の咲く頃に」を改題）
「小説 野性時代」2016年5月号

ダリア・ダイアリー
「小説 野性時代」2017年5月号

山茶花の咲く道
「小説 野性時代」2018年5月号

カタクリ賛歌
「小説 野性時代」2019年5月号

勿忘草の咲く町で
書き下ろし

夏川草介（なつかわ　そうすけ）
1978年大阪府生まれ。信州大学医学部卒業。長野県にて地域医療に従事。2009年『神様のカルテ』で第10回小学館文庫小説賞を受賞しデビュー。同書は10年本屋大賞第２位となり、映画化もされた。他の著書に『神様のカルテ２』『神様のカルテ３』『神様のカルテ０』『新章　神様のカルテ』『本を守ろうとする猫の話』がある。

勿忘草《わすれなぐさ》の咲《さ》く町《まち》で　～安曇野《あずみの》診療記《しんりようき》～

2019年11月28日　初版発行

著者／夏川草介《なつかわそうすけ》

発行者／郡司 聡

発行／株式会社KADOKAWA
〒102-8177　東京都千代田区富士見2-13-3
電話　0570-002-301（ナビダイヤル）

印刷所／大日本印刷株式会社

製本所／本間製本株式会社

●お問い合わせ
https://www.kadokawa.co.jp/（「お問い合わせ」へお進みください）
※内容によっては、お答えできない場合があります。
※サポートは日本国内のみとさせていただきます。
※Japanese text only

定価はカバーに表示してあります。

ISBN 978-4-04-108422-9　C0093